灼眼のシャ

しゃくがんのしゃな

※この番外編は、Ⅳ巻（二〇〇三年八月発売）時点の設定でお送りいたします。

1　はずれたせかい

　そこは、機能概念の上でウェットゾーンと呼ばれる区域である。オーバーフローという消波設備と排水溝、防水を施された床面に囲まれた、広大な遊水施設――

「いつものことだけど、まだるっこしい表現ね。なんで『ここはプールだ』って簡単に言えないのかしら」

　シャナが、地の文の辿り着こうとしていた結論を先取りして言った。

　ストレートの黒髪を背に払い、プールサイドに屹立するその姿は、輝く陽光に照り映えて、小柄さを感じさせない存在感を周囲に振りまいている。

ただ、黒に紅蓮の柄をあしらったセパレートの水着が、デザインの洒脱さを空しくするほどの、あまりに無残な平面を顕にしていた。

「なっ!?　なによ、その表現は!?」

　〝コキュートス〟をかけていない首から足元まで、ストン、と目線を流し落とす、それはいわば一枚の板だった。

「ちょっと！　I巻のときと言ってることが違うじゃない⁉　『流麗な曲線』とか『清冽の姿』とかはどーしたのよ！」

「もしかして、まだるっこしいとか言われたことに、遠回しな仕返ししてるのかも」

その傍ら、スタート台に腰掛けた吉田一美が正鵠を射た。

こちらは白いワンピースの水着の上にパーカーを羽織っている。普段の控えめな印象とは裏腹な起伏に富んだラインが、残酷なまでに覆い隠されている。それはまるで夢を奪う力の具現だった。

「……こ、これってセクハラだと思う……」

頬を染め縮込まった吉田の胸の谷間と自分のそれを一瞬だけ見比べてから、シャナは本作に八つ当たりする。

「だいたい、なんでいきなりプールで水着なわけ？　夏の特別編だからって、ちょっと企画として安直過ぎ――ん？」

舌鋒鋭く言うシャナは、プールの真ん中に浮かべられたフロートに目を留めた。

その上では、競泳用ゴーグルと水着でメガネマン・アクアとなった池速人が、なにか書かれたボードを頭上に掲げている。

『さて本作は、痛快娯楽アクション小説……ではありません。「本格お色気サービス小説を」という担当さんの要望も冒頭から裏切りまくっている、ノリだけの好き勝手小説です。』

面倒だからと、あとがきテンプレートを使った作者の物言いに、シャナはこめかみに指を当てて唸った。

「さては、水着さえ着せとけば、担当氏への言い訳になると思ってるわね」

吉田も、こっちはおどおどしながら言う。

「だ、だって、お色気サービスなんて、できないし……」

悩み悩み、なんとか面白いことを言って場を盛り上げようとしてみる。

「えーと、そうだ、皆さん、知っていますか？　某町内の巨人のモットーは、実は海外でも『君のものは私のもの、私のものは私のもの』って慣用句として存在しているそうですよ」

「なにつまんないマメ知識なんか披露してんのよ。こういうときは、『なまむぎなまごめなまたまごなまむぎなまごめなまたまごなまむぎなまごめなまたまごなまむぎなまごめなまたまごなまむぎなまごめなまたまご――さて、私は言い間違えたでしょうか。五秒以内に答えなさい。』みたいな、活字ならではの芸じゃないと。あ、解答は次ページの欄外ね」

自分と大して変わらないと思える一発芸に、吉田は頬を膨らませつつも抗議を控える。

と、その視線の先で、メガネマン・アクアがボードを裏返した。

『テーマは、描写的には「半端に華麗な豆腐」、内容的には「これはいんぼうじゃよ」です。なお、このメッセージは自動的に消滅しないので、各自適切に処分してください。』

「なんだか、すごくなげやり……」

「サービスものだからって過剰にいやらしいことされるよりは、放っぽっといてくれる方が気楽でいいじゃない。どーせ本編とは全く関連性のない番外編なわけだし」

「そ、それはそうだけど」

「さ、次行って、次。その間に泳いでみよーっと。遊びで泳ぐのって初めて！」

ひらひらと手を振ると、シャナは光る水面に向けて、獲物を狙う水鳥のように飛び込んだ。

2　ゆうじ

どことも知れぬ大海原のど真ん中に、それは浮かんでいた。

お椀を伏せたような小さな半球の上半分は緑の芝、中心に突っ立つ椰子の木という、典型的なフィクション風の孤島である。

「……」

その椰子の木の下に、難しい顔をした坂井悠二が正座していた。炎天下の水着姿が、どことなく痛々しい雰囲気を醸し出している。

彼の対面には、和やに微笑む坂井千草が、同じく正座している。こちらは布面積の大きなワンピースにパレオと、行楽の付き添い風。

やがて、片方にとってのみ重苦しい沈黙を、悠二が破った。

「……母さん」

強い日差しの下、その頬を脂汗が伝う。

「なに、悠ちゃん?」

対する千草は、涼しげな表情で答える。傍らにあった麦藁帽子を取り上げ、頭に載せた。

「なんで僕らだけ、こんな所に隔離されてるんだろう」

「ああ、そのこと。なんでも悠ちゃんを扱う一連のコーナーは、保護者面談っぽく弾劾や糾弾を行う、って趣旨らしいわよ？」

「なんなんだよそれ⁉ せっかく今回は水着――いや、まあ、みんな遊んでるのに、なんで僕だけ……」

悠二は微妙に本音を覗かせつつ、母に不平をぶつける。

もちろん千草はびくともしない。

「そうねえ、あんまり本編でモテモテ過ぎるから、せめて番外編くらいは酷い目に遭わせよう、ってことじゃないかしら？」

「む、無茶苦茶だ！」

「そういう意見が出るのは当然かも。Ⅳ巻じゃ、純情なシャナちゃんにつけこんで、キスを迫ったり抱きつこうとしたり、相当いやらしいことしてるって聞いたわよ？」

悠二はぎくりと肩を跳ね上げる。

「……聞いたって、誰に……？」

千草はさらりと答える。

「アラストオルさん」

「そそ、それは誇張だって！」

後ろ暗いところのある人間特有の焦りと勢いを表して、悠二は抗弁する。

「あのときは迫ったんじゃなくて、そんな雰囲気じゃないかって思ったから、なんとなくできればいいかもって期待して、ついフラッと前に出かけただけで——」

「そういうのを迫ってるって言うの」

「ううう……」

それが若さだ、というまでに開き直れない半端者としては呻くしかない。

「Ⅲ巻で、注意しなきゃって思った矢先にこれだもの。悠ちゃんも案外、油断できないわね。アラストオルさんに請合ったこともあるし、監視の目を厳しくする必要があるかも」

「…………はあ」

母の小言に打ちのめされつつ、悠二は自分と全く関係のない場所で繰り広げられているであろう、素晴らしき光景に思いを馳せ、深く慨嘆の溜息を漏らした。

3　あいぜんのつい

色紙の切り貼りによる大雑把な山と空を背景に置く、画面下三分の一を覆う衝立。

と、その衝立の向こうに、線の細い美男子が上半身を現した。

「灼眼のシャナ狩人のフリアグネ！」

その隣に、衝立を地面のように踏んで、粗末な女の子の人形が飛び出す。

「なんでも質問箱――！」

コミカルな音楽とともに、二人の言った通りのタイトルロゴが、メルヘンチックな書体で画面いっぱいを埋めた。それは数秒で消え、あとには人形劇のような場景が残される。

「ああ、まさか再出演できるなんて……夢みたいですね、ご主人様！」

人形が、縫い付けられた表情ではなく、手足をパタパタ動かして喜びを表す。

美男子は出番にではなく、人形の仕草に向けて満面の笑みを浮かべる。

「全くだね、私の可愛いマリアンヌ。作者も、いとうのいぢさんお気に入りだった私を完膚なきまでに討滅したりしたものだから、これはいわば、苦肉の策というところだろうね。ああ、それと、マリアンヌ」

美男子は急に厳しい顔を作り、白い手袋の指を一本立てた。人形は首を傾げる。

「はい?」

「ご主人様、ではなくて、フ・リ・ア・グ・ネ、だろう?」

「あ……はい、フ……フリアグネ、様」

言われて、また急に美男子・フリアグネの表情がだらしなく恵比寿顔に緩んだ。人形・マリアンヌを抱き締めて頬擦りする。

「そう、それでいいんだよ、マリアンヌ……ああ、なんて可愛いんだ!!」

「ご……フリアグネ様、そ、そろそろ話を進めませんか?」

「ん? ああ、そうか、そうだね」

フリアグネは露骨に残念そうな顔になって、愛しい人形を離した。

マリアンヌは指もない手を口元に当てる。

「コホン、ええと、本コーナーでは、作品における疑問質問に答えていくわけですが……それにしても、なんだか計ったように、私たちにぴったりなシチュエーションですね」

「ははは、それはそうさ、マリアンヌ。なにせ私たちのモチーフは、教○テレビ番組の『司会のお姉さんと相方の人形』だそうだから」

「では、私はタ○プ君ですか」

「あれの相方は、たしかお兄さんだったはず……って、お互い年がバレるよ、マリアンヌ。とにかく、質問のお手紙を読んでみよう」

フリアグネは手首を鋭く払い、袖の内から飛び出たはがきを二本の指で挟んだ。

「なになに……『シャナはいつもメロンパン始め、お菓子をいっぱい買っていますが、そのおカネはどうやって稼いでいるんですか？』……なんとも世知辛い質問だね」

「そういえば彼女、Ⅲ巻では千草お母さんに分厚い封筒を渡したりしてましたね。マンションに一人暮らしというからには、家賃も払ってるんでしょうし」

腕を組むマリアンヌに、フリアグネは微苦笑で返した。

「封筒の中身は万札の束だそうだよ。Ⅳ巻では制服一着に一万円を軽く出したりもしているし、かなりお金には無頓着だね」

「というわけで、彼女にインタビューしてみました。ＶＴＲスタート！」

画面が切り替わり、マイクを向けられたシャナが映し出される。

『え、お金？　日本円は……麻薬取引を襲ってぶん取ったんだっけ、アラストール？』

『それは香港ドルのときではなかったか？　たしか日本円は、海路不正ルートの流出金を頂戴したはずだが』

再び、画面がフリアグネとマリアンヌに切り替わる。

「う～ん。なんとも原始的というか、分かりやすいというか」

「本当、野蛮ですねえ。参考に、もう一人のフレイムヘイズのVTRもどうぞ」

今度は、眼鏡にスーツ、ストレートポニーという妙齢の美女が映し出された。

『え～っと……今持ってる分の大元は、神聖同盟の手打ち金をかっぱらったものだったかしら。ここ百年ほどは、その一部でめぼしい株を買い込んで人任せ。ときどき運用方針に口出すくらいかな』

また画面は戻る。

「こっちは意外に手堅いね。普段の言動からすれば、逆でもおかしくないくらいだ」

「どっちも強奪から始めてますけど……」

「フレイムヘイズは存在の性質上、直情径行タイプが多くなるからしょうがないよ。ちなみに、私たち〝紅世の徒〟の場合は、『奪ってから喰らう』というやり方が主流かな。もっとも、私たちには〝存在の力〟を喰らうという共通項があるだけで、普通に働く者、賭博師から芸術家まで、物を得る手段における例外は、数多くいるわけだけれど」

「人それぞれ、ということですね……さて、読者の皆さん、納得してもらえましたか？」

二人はオーバーアクション気味に両手を広げて肩を寄せ、朗らかな声を合わせる。

「それでは、次回をお楽しみに～～～!!」

4　ちぢのこうろ

一泳ぎしたシャナはプールの縁に腰掛けて、足でバシャバシャと水を叩く。

その視線の先、プール中央のフロートでは、メガネマン・アクアがまたボードを裏返して、新しい文を掲げていた。

『担当の三木さんはサービス精神旺盛な人です。その筋の場面は完成版になると、だいたい初稿の倍は確実に増量されています。これからも、担当さんの活躍にご期待ください。』

「でも、この番外編の題名、危うくその担当氏の提案する『常夏のシャナ』になるところだったのよね～」

言うシャナの横、肩まで水に浸かる吉田が、頬を伝う水滴に冷や汗を一筋加えた。

「そ、それは、ちょっと、アレかも……」

「まあ、サービス企画だから、分かりやすい題名にするってのも、あながち間違った手法じゃないんだけど」

と、その二人の頭上、プールサイドに新たな影が陽光を背負って立つ。

「あ～ら、あんたたち程度で、なんのサービスになるっての？」

「むっ」

「あっ」

二人が振り向いた先に、モデル裸足の豪勢なプロポーションを備えた長身が聳えていた。

媚も売らず科も作らず、ただ堂々と立つ美女、マージョリー・ドーの大登場だった。

鮮やかな群青色のビキニで大胆にスタイルを誇示し、優雅に後ろでくくった髪を払うその姿には、表面の煌びやかさだけでない、深さ強さを感じさせる美女の貫禄があった。

そして、例によってと言うべきか、彼女の後ろには子分が二人、水着にアロハシャツという浮かれた格好で付き従っている。

「なんつーか、ありきたりな感想だが……生きてて良かった」

トロピカルドリンクを載せたトレイを持つ佐藤啓作が、感極まった表情で言った。

「うんうん、生きてるって、むやみやたらと素晴らしい――！」

ドでかい本型の神器〝グリモア〟を抱えた田中栄太も、滂沱の涙を流す。

「いーねえいーねえ、青春だねえ！　大・中・小と花盛りってか!?　ヒャッヒャッヒャ！」

その〝グリモア〟からあがったマルコシアスのキンキン声に、シャナはピクリと眉を跳ね上げた。

「……小？」

「身長のことじゃないわよ～、念のため。オホホのホ」

ホ
ぴしっっ‥
ホ

マージョリーは口に手を当てて、わざとらしく笑う。ついでに大きく、見せ付けるように胸も反らした。

それを仰ぎ見るシャナの、手をかけていたプールの縁が、ミシ、と不穏な音を立てた。吉田のときのように、自分のと見比べるのを辛うじて堪え、挑戦的な低い声で返す。

「ブクブクでかくなってるのが、そんなに得意なわけ？」

ビシ、とマージョリーの額に青筋が浮く。

「ブク……ふふん、お子様には、ここら辺の良さを分かれという方が無理かしら」

「お子……まあ、百年単位で生きてる婆さんからすれば、誰でもお子様だとは思うけど」

「あーら、稚拙な挑発。やっぱり貧相な見かけ同様、中身もガキってわけね」

「そういうネチネチしたところが、いかにも年寄りの意地悪っぽいってこと、気付いてる？」

「……」

「……」

いつしか互いの間に、群青と紅蓮の火の粉が漂い始めている。

「な、なんかヤバ気な雰囲気……」

他人事のようにゲタゲタ笑う〝グリモア〟を抱える田中は、ゆっくりと下がる。

佐藤も、水の中でオドオドしている吉田に、睨み合う二人のフレイムヘイズを刺激しないよう、小さく声をかける。

「おほーい、吉田ちゃん……早く上がった方がいいと思うよー？」

「はは、はい――あっ、で、でも池君がプールの真ん中に……」

「事において犠牲は付き物だ、諦めよう」

「つーか、俺たちも危ないし、つどはっ⁉」

　言う田中と佐藤の前、

「ひゃっ⁉」

　プールから上がりかけた吉田の背後、

「はくじょーものわーっ⁉」

　そして中央のフロート上にいたメガネマン・アクアの周囲で、
　プールの水面が立て続けに爆発した。

「ほーらほら、当たらないわよ！　老眼鏡でもかけたらー⁉」

　広い水面を滑るように、紅蓮の双翼を煌かせて飛ぶ炎髪灼眼・黒衣のシャナを、
　群青の炎でできたずんぐりむっくりの獣が、太い腕の先から炎弾を連射しながら追う。

　メガネマン・アクアの形見のように、膨れ上がる水煙の中、ボードがクルクルと宙を舞う。

『挿絵のいとうのいぢさんは、とても柔らかな絵を描かれる方です。シャナの照れた顔や、吉田さんの微笑みは、まさに絶品の可愛らしさです。この度も拙作の、しかもお遊び企画にまで

ご助力いただけたことに、深く深く感謝いたします。』

その騒動を遠く眺めるオープンカフェの一席で、ダークスーツにサングラスという暑苦しい格好をした男が、できるだけさりげない風を装って切り出す。

「オホン……あ～、ヘカテー」

差し向かいに座った、大きな帽子とマントで全身をガッチリ固めた小柄な少女は、男の邪な思いを一言の元、切り捨てる。

「着ません。他に、なにかありますか？」

「…………ドリンクのおかわりでも、どうかな」

「いただきましょう」

5　あゆみはすべてげきとつへ

「――てなわけで、みんな酷いんだよ、師匠」

悠二は正座のまま、己の不遇を訴えた。

「誰が師匠だ」

彼の前でデッキチェアに深く腰掛け、渋く枯れた声で答えたのはラミーである。ご丁寧にも、肘と膝までのレトロな縞柄水着に水泳帽という、企画内容と老人の容姿、双方に合わせた（全く有り難くない）出で立ちだった。

「いや、つい、なんとなく……」

「そもそも、なぜ私が君の愚痴など聞かされねばならんのだ」

呆れ顔を作る老人に、悠二は食い下がる。

「でも、言いたくもなると思わないか？　実際になにかしたってのなら、文句言われてもしょうがないけどさ」

「その場合は、文句だけでは済まんような気もするが……」

まあいい、とラミーは腕を組んで、自称・弟子に問いかける。

「それで、シャナ嬢との間柄は、あれから幾分かでも進展したのか」

「進展もなにも……今言ったとおり、周りが騒いでいるだけで、実際には全然」

その、大いに真剣かつ率直な自己申告に、ラミーはため息を吐いた。

「そうだった。君は、自覚症状がない上に相手の気持ちに鈍感、という非常に傍迷惑なタイプだったな。なにが起こっていても、気付くのは以前のように、のっぴきならない決定的な状況になってからか」

「……なんか今、すごい侮辱を受けた気がするんだけど」

「反論は随時受け付けている。違うというなら、感情なり論理なりで抗ってみてはどうだ」

「……」

今度こそ悠二は完璧に黙らされた。

ラミーはそれならと、初手の初手から聞き直してみる。

「では、君の目から見て、シャナ嬢は今、どんな感じだ」

「どんなって、相変わらずブレーキの壊れたダンプカーみたいだけど」

「……」

「……なんだよ、変な顔して」

「いや、やはり君は、とりあえず痛い目に遭うべきだな。誰のためにも」

「な、なんで皆が皆、そういう結論に行き着くんだ――!?」

同情の余地のない自業自得な絶叫が、海と空に響き渡った。

6 かいこうめいあん

フリアグネが、再び衝立から上半身を現す。

「狩人のフリアグネ！」

同じくマリアンヌも、ピョンと飛び出した。

「なんでも質問箱――！」

題字テロップが画面から消えるのを待って、フリアグネはマリアンヌに言う。

「さて、中身のない番外編、唯一の良心たるこのコーナーも二回目だ」

「っていうか、これで最終回ですけど」

「まあ、穴埋め企画だし、再出演があっただけでもいいじゃないか。さっそく質問のお手紙を読んでみよう……『用語がややこしいので解説してください』……やっぱり来たね」

「なんと言ってもこの作者、最初〝存在の力〟やフレイムヘイズの黒衣にも固有名詞つけようとして、担当さんに『これ以上は分かりにくくなるからやめてください』って制止されたりしてますから」

「某シリーズで散々指摘されたのに、進歩がないというか、懲りない奴だね」

「では、順を追って、分かりやすく整理していきましょう。まずは基本の世界編から」

■〝紅世〟■　＝　異世界
■〝紅世の徒〟■　＝　〝徒〟　＝　異世界人
■〝紅世の王〟■　＝　〝王〟　＝　すごく強い〝徒〟

「私も、その〝王〟の一人だけれど……なんだか身も蓋もない例えだね」

「これくらい平易にしないと解説の意味がありませんし。次に名前編を。個人的にはちょ、ちょっと癪ですが、皆さんに一番馴染みのある連中を例に取ってみました」

■〝天壌の劫火〟■
真名。〝紅世〟での本名。『全てを焼き尽くす』というような意味。
■アラストール■
通称。この世でつけた呼び名。各々が好き勝手につけているので、由来は多種多様。
■フレイムヘイズ■
〝王〟との契約で異能を得、この世のバランスを守るため〝徒〟を討滅する人間の総称。

■『炎髪灼眼の討ち手』■
フレイムヘイズとしての称号。契約した〝王〟によって、称号も能力も変わる。

■シャナ■
契約者の通称。普通は、人間だったときの名前をそのまま使っている。シャナは例外。


「連中は、II巻236pのように、これら五つを繋げて名乗るわけだ。まるで中世の侍だね」

「名乗るだけで一行使っちゃいますし……ちなみに前二つの項は、『〝狩人〟フリアグネ』様を始め、〝紅世の徒〟も同じです」

「彼ら、フレイムヘイズと契約する〝王〟たちとは、〝存在の力〟の取り扱いに対する見解と主張が違うだけの同胞だから当然だよ。昔はどっちの陣営にも、その違いを整合させようと試行錯誤していた連中がいたんだけど、今では双方、単なる敵としてしか相手を見ていないようだ」

「概ね、真名は〝徒〟同士の会話で、通称は私のように……コホン、近しい間柄の者が使います、っあ！」

嬉しいことを言われたフリアグネは、またマリアンヌを抱き締めた。うっとり声で補足する。

「真名は畏まって使う『姓』、通称は気安く呼ぶ『名』……といったニュアンスかな」

「～で、では次に、不思議の力編です～」

■〝存在の力〟■
この世に存在するための根源の力。これを人から得ることで〝徒〟は顕現する。
■自在法■
〝存在の力〟を繰ることで『在り得ないこと』をこの世に現出させる術。
■自在式■
自在法の発動を表す紋様で、力の結晶。効果を増幅する機能を持つものもある。
■封絶■
自在法の一つ。隔離と隠蔽のための空間。原則的に〝徒〟とフレイムヘイズしか動けない。
■自在師■
自在法を得意とする者。明確な規定はない。
■宝具■
〝徒〟が持つ、様々な効果を秘めた道具。


「細かい条件や事項を除いて簡単に解説すると、こんなところでしょうか〜〜んにゅにゅ」

主に頬擦りされて、マリアンヌの毛糸の髪がクシャクシャになる。

「そうだね、マリアンヌ。私たちは宝具が主力で、自在法はあくまで補助的に使うタイプだ。目的が、まさに自在法の起動だったわけだけれど……ごめんよ、マリアンヌ」

「ああ、フリアグネ様――」

と、しつこくバカップル振りをひけらかそうとする二人を押しのけて、画面脇から金髪の美少女と美少年が――正確には美少年の手を引いた美少女が――現れる。

「うふふふふ、私たちは逆ですわね、お兄様。自在法による有利な戦場の構築が主で、宝具はそのサポートに使うというタイプですもの」

「うん、『オルゴール』とか、そうだよね！」

美少女・ティリエルは最愛の兄である美少年・ソラトを胸元に抱き寄せる。

「お兄様の『吸血鬼』も含まれますわ。勿論、行動指針はお兄様の意向によるのですけれど」

「ふうん、そうなんだ？」

ええ、とティリエルは頷くと、兄をより強く抱き締めて解説を続ける。

「自在法には決まりきった形式というものはなく、〝徒〟個々人の本質に応じた現象が発現されます。ポピュラーなものでは攻撃的な精神の具現化である炎弾、特殊なものでは他者に愛情を注ぎ守る私の『揺りかごの園』などがありますわね」

ヒョイ、と横からマリアンヌが顔を出す。

「っていうか、なんであなたが解説役を代行してるんですかムギュ」

ティリエルは軽く彼女を画面外に押し返す。

「まあ中には、どこかの小さなお嬢ちゃんみたいに、使えて封絶程度なんていう、〝王〟の力を持て余している自在法音痴なフレイムヘイズもいるようですけれど――っ!?」

今度はマリアンヌを抱いたフリアグネが出てきて、兄妹と押し合い圧し合いする。

「あそこまで身の内に収める〝王〟の力が大きいと、行使するための感覚を容易には把握できないのさ。常時、他のフレイムヘイズにおける暴走状態でいるようなものだから、いざ力を使ったときの規模も、消耗の度合いも無茶苦茶になるんだよ」

「ちょ、押さないでくださいな!」

「わーい、おしくらまんじゅうだ!」

「で、では最後に、その他編をご覧ください!」

■トーチ■
〝徒〟に喰われた人間の代替物。周囲との関わりを徐々になくしながら消える。

■〝ミステス〟■
宝具を身の内に宿したトーチ。トーチが消滅すると、他のトーチへと宝具は転移する。

■〝燐子〟■
〝徒〟の下僕。その能力の程度は、製作者の技量や使われた力の規模によって変わる。

「つまり私のように、宝具まで使える〝燐子〟は、そうはいないんでっ!?」

またマリアンヌは押しのけられた。

「まあ〝燐子〟なんて所詮、〝存在の力〟を集めるための道具に過ぎませんしヒャッ!?」

今度はティリエルの眼前に、フリアグネが顔を突き出した。

「ふっ……君のように不器用で無粋な者には、私の愛を受けるに足る、心ある芸術品・マリアンヌの素晴らしさは分からないだろうね」

「ふん！　人形なんかに愛を注ぐなんて、変態趣味もいいところですわ」

「おや？　兄妹でネチネチベタベタくっついているのは、変態とは言わないのかな？」

双方、互いに愛する者を抱いて睨み合う。

「……うふ、ふ、ふ……私たちの愛の在り様を侮辱してくれましたわね？」

「したらどうだと？」

「こうよ！」

「わっ、ティ――」

突然ティリエルはソラトに口付けした。たっぷり十秒は絡み合ってから、唇を離す。

「――ぷはっ！　どう？　あなたのお人形にこんなことできまして？」

「そんな破廉恥な真似をしなくても、私たちの繋がりは強固そのものさ」

「そ、そうです～」

フリアグネは緩みきった顔で、マリアンヌを力いっぱいに抱き締めた。

「ふふん、負け惜しみを！　こんなことはどうです？　こんなことも、こんなことも！」

「ティリエル、くすぐったいよ」

兄妹は、とても描写できない愛の証たる痴態を、〝狩人〟主従に見せ付ける。

「私たちの愛は、安直な肉欲なんかに惑わされない……髪を撫でたり一緒に踊ったり、いや、そこにいるだけで満ち足りるのが、プラトニックな愛の真髄というもの……だろう？　私の可愛いマリアンヌ」

「は……はい、フリアグネ様……」

二人はその場でうっとりと見詰め合う。しかしティリエルは、それを笑い飛ばした。

「は！　お笑い種ですわ。愛し合っていれば、もっと深く交わり合いたいと欲するのは自然なこと！　こんな風に、こんな感じで！」

「ティリエル、このかっこうはつかれるよ～」

フリアグネは動じない。どころか、狭い画面の中、マリアンヌの手を引き、華麗なステップで踊り始めた。

「ははは、交わり合いを体に求める時点で、心の薄弱を露呈しているようなものさ。純粋な気持ちのやり取りに、そんな行為は不要だよ」

「なんだか無茶苦茶ですが、ツキャー！　あんなことまで!?　と、とにかく、このあたりでお別れです、またお会いできる日のありますように～～～～～!!」

7　もつれるいま

　プール中央のフロートに、元の状態に戻ったシャナとマージョリーが、力なく背中を付けて座っている。

「……疲れた……」

「なーんで、こんなことしてたのかしら」

「あなたが……」

　シャナは後ろを見ようとして、やめた。

「……ま、いいわ。せっかくこういうとこに来たんだし」

　マージョリーも適当に相槌を打つ。

「そーね、無駄に暴れるのも野暮ってもんか」

　その二人に、水面から首だけを出した佐藤と田中が渋い顔で言う。

「……最初からそう考えてくれませんか」

「危うくこっちは丸焦げになるところですよ」

プールサイドのそこかしこには、黒い焦げ目や破孔が、二人の騒いだ跡として残されている。その中に焼け焦げたパラソルや砕けたテーブルセットも散らばって、全体はほとんど廃墟の体をなしていた。

「そのくせ、プールだけ無事って辺りが……」

「なんか、悪ふざけの匂いがプンプンするんですけどね」

「い、池君も、のびちゃったし……」

彼女らのすぐ脇で、吉田が言う。

ついているのかいないのか、台詞一言でKOされたメガネマン・アクアは今、フロートの上で吉田の介抱を受けていた。

「はんせーしてるわよ」

「後ろに同じ」

いま三つほど誠意の感じられない声が返る。無駄なところでは息の合う二人である。

シャナがとぼけるように目線を逸らす、未だきれいな水面を、持ち主から離れたボードがプカプカと漂っていた。

『今回は、本編執筆直前に、我がパソコン君が四年の酷使の前にクラッシュするという大ハプニングもありました。新機種への迅速な換装に尽力してくれた我が友・火中の栗を鷲摑みするシステム傭兵Y中君に深く感謝します。』

それを拾い上げると、文面が変わっている。

『担当さんから、「別にオチなしでもいいですよ」との大阪人に対する最大の挑戦がありましたので、意地でもオチをつけます。

それでは、本文を読んでくださった読者の皆様に、無上の感謝を、変わらず。

また皆様のお目にかかれる日がありますように。

二〇〇三年五月　高橋弥七郎』

「……？」

シャナは呆れ顔でこのボードを皆に示す。

「そろそろオチだってさ」

今ここにいない人物が、ソレに使われることは容易に想像できる。

「番外編で何でもありだから、あいつが宇宙に旅立って終わり、とかになんのかね」

と佐藤が投げやりに言う。

「やり残しの敵に向けて『次はお前だ！』台詞と『熱い応援ありがとう！』テロップ付き～」

とマニアックな田中。

マージョリーは鼻で笑って、

「あ～、あの坊やね。せいぜい、ヘナチョコなギャグのずっこけオチ辺りじゃないの？」

「あなたの背後にもサカイユウジが、てな怪談で締め～、なんてな、ヒヤッヒヤッヒヤ！」

その傍らの〝グリモア〟から、いい加減な調子のマルコシアス。

まともな答えのない中、吉田が小さく、予想ではなく希望として呟く。

「……（私と）ハッピーエンド、だったらいいな……」

彼女の（）内を読心術もなしに察したシャナが、平静を装って――しかし眉をピクピクさせつつ――自信満々に言う。

「ふん、正解なんか、分かりきってるわよ。ほら、ないでしょ？」

自分に向けて、指を差す。

マージョリーが怪訝な顔で平坦なそこを見る。

「なに、今さら」

「胸じゃなくて!!」

言われて、

「ああ」

と全員が納得し、
そして同時に、坂井悠二のせいぜいの冥福を（一名のみ無事を）祈った。

8　ぐれんのせんせい

凄まじい熱量が孤島の芝をジリジリと焦がし、周囲の海面からは海底火山の噴火の如き水蒸気が絶え間なく巻き上がっている。

その中、引きつった声と笑顔で悠二が言う。

「え〜、と……アラストール……？」

重く低く、腹の底を震わせる遠雷のような轟きが答える。

「なんだ、坂井悠二」

「どうして、そんなに大きいのかな？」

孤島を圧するように、漆黒の塊を奥に秘め、灼熱の炎を纏った〝紅世の王〟が、海面からそそり立っていた。

「番外編は、なんでもありだからだ」

「どうして、そんなに翼を広げてるのかな？」

渦巻く炎と黒い皮膜のようなものが、視界一面を塞いでいる。

「好き勝手やってもいい、とのことだからだ」

「どうして、腕をこっちに向けてるのかな？」

巨大な、鋭い鉤爪を先端に伸ばした掌が、眼前にある。前髪が縮れるのが分かる。眼球の表面が乾いて、瞬きをせずにいられない。

「たまには我も、シャナのことでの鬱憤を晴らしたいからだ……っ!!」

「わ――っ！　し、死にオチか――!?」

孤島が、〝天壌の劫火〟全力一撃の下、いっそ天晴れなまでに吹き飛んだ。

どっとはらい。


終わり。

しんでれらのしゃな

※この番外編は、Ⅶ巻（二〇〇四年七月発売）時点の設定でお送りいたします。

昔々、一つの王国がありました。

産業基盤は主に農業からなっており、以下略。いちおう大陸でも屈指の大国ではありましたが、周りを油断ならぬ強国が取り囲み、虎視眈々とその領土を、以下略。時の風潮は未だ封建制、王族と貴族による統治が、以下略。

とにかく、一つの王国がありました。

1　王家の儀式

王様の城では今、一つ会議の真っ最中。

「――『さて本作は、痛快娯楽アクション小説……でしょうか？　本来は学園祭でやるかどうか話していたネタが、変な感じに化けました。なんというか、非常に大人気ない内容になっています。』――」

高い天井と鏡のように磨かれた床、それらを一直線に繋ぐ三廊式の列柱、長く細く敷かれた赤絨毯など、いかにもそれっぽい謁見の間に、王様と王妃と王子、重臣三人と侍従長だけが集った、国家枢要の会議です。

玉座に座った……というより置かれたアラストール王が、遠雷のような声を重々しく響かせます。

「かつて、困窮苦難の境遇にありながら、王子の妃の座を掴み取った伝説の姫がいた」

その王様はなぜか、黒い宝石をはめた王冠の姿をしていますが、ここは深く突っ込むところではありません。

「その故事に倣い、代々執り行われてきた王位継承者の妃を選定する『舞踏会』の時節が、いよいよ当代においてもやってきた」

「……あの～」

玉座の脇に立たされている風情の若者が、恐る恐る口を開きました。

この国の王子でユウジ、続けて呼ぶと『ユウジ王子』という、なんだか語呂の悪い名前の若者です。どことなく軟弱っぽい物腰で貫禄もないため、王様より一回り小さな冠や豪華な衣装が、まるで似合っていません。

「なんだ、息子よ」

アラストール王の、言葉と正反対な、忌々しげで剣呑な声に思わず腰を引きつつも、ユウジ王子は質問します。

「その−、もし、そこに気に入った子がいなかったら、どう、なるん、でしょ……」

場に満ちた気まずい雰囲気に、声が尻すぼみに消えてしまいました。

「――『テーマは、描写的には「山葵と回復呪文の迎撃」、内容的には「なんじゃとう？」です。いつにもまして適当に決めた題材を、作者が好き勝手に料理してしまっています。』――」

「もう、ユウちゃんったら」

その雰囲気とは無縁の和やかな声と笑顔で、チグサ王妃が言います。

「この『舞踏会』は、あなた個人のために催されるわけじゃないのよ？」

その和やかな声が、かえって発言内容の恐さを強調してしまっていますが、本人は気にしていません。

「でも、僕のお妃を決めるって……」

その疑問には重臣の一人、軍師を務めるベルペオルが、薄い唇を吊り上げて嫌味一杯に答えます。

「いかにも左様。ですがこの式典の本義は、外戚の影響を可能な限り排除し、かつ有能な人材と血を王家に入れることにあるのでございます。元より王子の一存にて妃が決定される性格のものではありませんぞ」

要するに、お嫁さんの実家からの余計な口出しを抑えて、同時にすごい人もゲットしよう、という非常に調子のいい式典なわけです。

「――『担当の三木さんは、読者第一主義のサービスマンです。今回も、本編の進行上なかなか出せない人気キャラを出演させています。作者も意気に感じて、要望のないキャラまで（以下略）。』――」

「じゃあ、僕はなんのためにいるわけ？」

自分の存在意義について深刻な疑問を抱くユウジ王子に、将軍を務めるシュドナイが興薄げに答えます。

「そりゃあ、最後の選択のためですな」

「選択？」

舞台設定を強調するため、戦時でもないのに鎧を着せられたシュドナイ将軍は、ミスマッチなサングラス越しに王子を見て笑います。

「厳しい試練を潜り抜けて最後に残った候補の中から、王子が本当に王家のために必要と思われる人材を選ぶんですよ」

「はあ……なる、ほど……」

舞踏会という華麗な字面とは裏腹に、やけにシビアな話になってきました。

さらに、アラストール王が言葉による追い討ちをかけます。

「選定の各段階における騒動、対する我らの挙動から最終的な選択の手順まで、全てをつぶさに見て、世の理を学ぶのだ。同時に我らも、貴様がどんな選択を最後に行うのか、とくと見せてもらう……この意味が分かるな？」

実の息子も貴様呼ばわりです。

ユウジ王子は助けを求めるように最後の重臣、巫女を務めるヘカテーに目をやりました。

ところが、その白装束の少女は、

「――『挿絵のいとうのいぢさんは、可愛らしい絵を描かれる方です。初出時に頂けた様々なサービスカットは、まさに眼福というべき仕上がりでした。この度も拙作のお遊び企画への、再びの甚大なる御助力をいただけたことに、深く深く感謝いたします。』――」

などと、さっきからどこぞの禍つ神を下ろしていて、虚ろな目線を宙にやったまま、淡々と独り言を呟いています。

「……」

もはや孤立無援、言葉を失う息子に、王妃はやはり和やか、かつ救いのない励ましの言葉を贈ります。

「ユウちゃん、頑張ってね」

「……はい」

その落とされた肩を、侍従長のイケが気遣わしげに叩きました。

「どこでもこういう役回りなのは、僕……私も同じです。気を落とされませんよう」

「……ああ、ありがと」

王子という職業も楽ではありません。

せめて才知容貌に優れた気立ての良い人（さすがに王子は贅沢者です）が『舞踏会』に参加してくれることを願って待つ、逆シンデレラ・シンドローム患者なユウジ王子でした。

「――『今回はさらに暴走気味、元ネタがほとんど原形を留めないまでに改変されてしまっていますが、まあお遊び企画ということでご容赦のほどを。

それでは、本文を読んでくださった読者の皆様に、無上の感謝を、変わらず。

また皆様のお目にかかれる日がありますように。

二〇〇四年四月　高橋弥七郎』――」

2　二人の灰かぶり

国の片隅に、変わり者の一家がおりました。

女だけのこの一家は、とある目的のために着々準備を……具体的には、先妻の忘れ形見たる一人の少女に、英才教育を施していました。

少女の名前を、シンデレラといいます。

これは、灰かぶり、という意味を持つ言葉の英語読みです。

後段で、同じ言葉の仏語読みの名前が登場して紛らわしいので、読者の皆さんに分かりやすいよう、ここでは『シャナ』と書いて『シンデレラ』と読んでもらうことにしましょう。シ繋がりです。

さてこのシャナ、あどけなく可憐な容姿とは裏腹に、文武両道胆略無双という、当時としてはかなり女性の理想像からズレた『王者の中の王者』として育てられておりました。

なぜなら、

「――王者――」

彼女の継母たるテンモクイッコの価値観が、鎧に隻眼鬼面という容姿同様、少々変だったからです。

それは、彼女の連れ子である二人の姉妹も同じでした。

台所、その継母の見つめる前で、

「何年同じ鍛錬を行っている!?」

長女のメリヒムが、篭の中のカラス豆（皮が黒い大豆の一種です）を、ボロを纏ったシャナに向かって、まるで節分の鬼でも追い払うかのような勢いでぶちまけます。

「全てかわすのだ！　でなければ叩き落せ！」

「くっ！」

少女は燃えるような紅蓮の瞳に全ての豆を捉え、手にしたハシバミの枝による見事な太刀捌きで次々と、これを打ち払います。

しかし、いかんせん豆の数が多すぎました。すぐに幾つかが体に当たってしまいます。

「愚鈍な奴め、晩飯は抜きだ！　落ちた豆だけ食ってよし！」

「……はい」

義姉の叱咤に、悔しげな顔を伏せてシャナは答えました。

「――王者――」

「見よ、母者は貴様の無能ぶりに失望しておられる！　今日もここで寝ろ！」

二人はそう言い捨てて、台所から出て行きました。

残されたシャナは、床に落ちたカラス豆を淡々と拾います。一応は炒ってあるこれが、彼女の今晩のご飯なのでした。

彼女は、こうすることが初めてではありません。苛酷な環境下での生存性を高める鍛錬として、また今日のようにヘマをしたときなど、台所で寝かされることも日常茶飯事でした。

豆を拾っている内に、暖炉の灰で、腰まである鮮やかな紅蓮の髪は灰だらけになってしまいます。文字通りの灰かぶりでした。

その背中に、

「また今日も、ここでの寝泊まりでありますか」

と、平坦な声がかけられます。

連れ子の次女・ヴィルヘルミナでした。使用人でもないのに、丈長のワンピース、白いエプロンとヘッドドレスなる奇妙な装いです。その両脇には、分厚い革張りの本を何冊も抱え込んでいます。

「今日はこれらを全て訳すのであります。間違い一つにつき、豆一つ没収であります」

「即時開始」

彼女と一心同体なので同じく次女扱いのティアマトーが急かします。

「はい」

シャナは答えて、せっかく集めたカラス豆を彼女が置いた篭の中に入れました。

休む間もなく勉強が始まります。分厚い本を訳す内に、少しずつ豆は減っていきます。

「その単語の訳は誤りであります」

「没収」

「はい」

そうして朝も程近い時刻まで勉強は続き、

「その文の用法は誤りであります」

「没収」

「はい」

最後、クタクタになったシャナの前には、一摑みのカラス豆だけが残されていました。

それでも彼女は文句一つ言わず、寝る前にこれを頬張って、明日という日に備えます。王者として自分が羽ばたくときを目指して、ただ黙々と苦難の鍛錬に立ち向かう、逞しくしぶとい少女なのでした。


国の、また別の片隅に、一人の女の子がおりました。

その名を、サンドリヨンといいます。

シンデレラと同じく、灰かぶり、と言う意味の名です。

これも明確に区別するため『ヨシダ』と書いて『サンドリヨン』と読んでもらうことにしましょう。こっちはヨ繋がりです。

ヨシダは貴族の娘でしたが、まず最愛の母を病で、数年後には父も事故で失ってしまいました。結果、家には、彼女と亡き父が貰った後添え、その連れ子の姉妹が残されました。

ところが、この後添え一家……正確には後添えの次女が、ことあるごとに彼女に意地悪をします。元いた部屋から追い出して屋根裏に住まわせたり、きれいな服を取り上げてネズミ色の服と木靴を投げ与えたりしました。

おまけに、水汲みから火起こし、炊事洗濯掃除にお使い、なんでもかんでも押し付け扱き使い、彼女を苛めました。なかなかのハードラック人生と言えましょう。

おかげで、控えめな印象ながら整っていた顔立ちも苦労の中でやつれ果て、後れ毛の似合う薄幸の姿に変わってしまいました。

そんな、今日も台所の隅で灰や埃にまみれて一生懸命働く彼女に、

「あーら、なんですの、この埃は？」

窓枠に指をツイ、と流してから突き付けるのは、件の継母の次女・ティリエルです。等身大のフランス人形のように華麗な様相をしていますが、中身はかなりのサディストです。

彼女の指先には、見える見えないギリギリの埃が僅かに付着しているだけでした。しかし、

苛めるのが目的なので、これで十分です。

「まったく、どこに目をつけてお掃除しているのかしら。あなたが手を抜くと、私のお姉様が汚れてしまいますのよ？　困ったものですわねえ、お姉様？」

「うん、よごれるのはやだよ、ティリエル！」

ティリエルのもう片方の腕を首に絡められているのは、彼女と瓜二つの顔をした継母の長女・ソラトです。彼女は妹の言いなりで、主体性というものがまるでありません。

「お料理も下手な上に、お掃除もこんなでは、家に置くことも考え直さなくてはいけませんわね。お母様も、そうお思いにならない？」

突然ティリエルに話を振られた継母のオガタは、驚き慌てて答えます。

「えっ、そう、かな？　お料理はすごく美味しいし、お掃除、だっ、て……」

普段は『格好よい』と評される凛々しい顔立ちが、次女からの鋭い視線を受けて弱気にしぼみます。

「ううう……なんでも、ありません、はい」

ティリエルは、青い瞳で睨みを利かせる対象を再び、ヨシダに転じます。

「お掃除はやり直しですわ。私がよしと認めるまで、何度でもやり直させますから。それが終わったら庭の方も。その後は食事の用意に繕い物——お仕事は山ほどありますわよ」

実質家を仕切っている、この義理の姉に、ヨシダは大人しく従います。押しが弱く従順な質というのもありますが、他に行く当てもない女の子が一人で生きていくにはまだまだ辛い、というより無理な時代なのでした。

夜、いつものようにヘトヘトになるまで扱き使われたヨシダは、自分の部屋である薄暗い屋根裏の、粗末な藁蒲団に倒れ込みました。

「……はあ」

深く溜息を吐いて、しかし泣かずに、彼女は汚れたエプロンのポケットを探ります。

「さあ、出ておいで」

言って、ポケットから出したパンくずを床に置きました。

不幸な境遇にある彼女の楽しみは、屋根裏に住んでいるネズミたちとのお話（なんだか寂しい楽しみですが、それくらい他になにもないのです）、そして、

「今日も、お城は明るいね……」

屋根裏の窓から、遠く王様のお城を眺めることでした。

程なく、部屋の隅から、二匹のネズミがカサコソと出てきました。

着ぐるみをかぶった小さな人間のように見えますが、あくまでこれはネズミです。

「チュー（こりゃ、あんまりだよな）」

一匹は結構美形で線の細いネズミ、

「チュー（言うな。出番があるだけマシだ）」

一匹は大作りな容姿の大柄なネズミです。

ヨシダは、美形ネズミをサトウ、大柄ネズミをタナカと呼んで可愛がっていました。

「街じゃ、そろそろ王子様のお妃を決める舞踏会が開かれるって噂だけど……」

少女は窓枠に頬杖を突いて、ネズミたちに話しかけます。

「私みたいにみすぼらしい娘は、やっぱり出られないよね」

溜息に乗る切ない声に、サトウとタナカは精一杯の励ましで答えます。

「チュー（んなことないって。旦那様が生きてた頃には歴としたお嬢様だったろ?）」

「チュー（そーそ、ヨシダちゃんは磨けば光るよ。どうやって磨くかが問題だけどさ）」

彼らの思いが届いたのか、ヨシダは微笑みで返しました。

「ふふ、文句言っててもしょうがないね。さ、もう寝よ……明日も、早くから——水、汲み……」

体を寝床に預けるや、少女は疲労から、すぐさま眠りに落ちてしまいます。

ネズミたちは彼女を起こさないよう、静かにパンくずを食べ始めました。

3

いざ王城

これまで噂だけ流れていた『舞踏会』の開催が、遂に国中に布告されました。

「当代における王太子妃選定の式典『舞踏会』が、今宵、王城にて執り行われる！」

町の大通り、村の広場、街道筋の宿にまで、お城からの使者が黒い馬に乗って疾風のように駆け、雷鳴のように触れ回ります。

「我こそはと思わん者は、月の山に架かる刻、各々着飾りて王城に集え！」

なんだか舞踏会と言うよりは戦への参陣要請のようなお触れですが、このウィネという使者は元々、軍師ベルペオルの下で働いている斥候なのでしょうがありません。

舞台設定に合っていないヘルメットに描かれた大きな一つ目は、彼が張り切っている証です。

「身の貴賤は問わぬ！　ただ己が器量、王侯の分に相応しきかを胸に問い、応との答えを得た者のみ馳せ参じよ!!」

代々執り行われてきたとはいえ、人々は式典の詳細を知りません（もし秘密を外部に漏らせば、一族郎党皆殺しになるからです）。

その華麗な字面に惹かれる者、王侯の身分による利を得ようと目論む者、単純な好奇心から赴く者——様々な思惑の元、国中が一夜の夢を追って動き出しました。


変わり者一家も当然、この式典に参加しようとしていました。

しかし、自分も出たい、と迂闊にも求めたシャナを、

「——王者——」

「母者は、恵みをただ求める者に王者たるの資格などない、畢竟貴様のためのドレスも靴もない、と仰せだ！」

継母テンモクイッコと長女メリヒムは、最後の仕上げとして一喝します。

「う……」

押し黙る少女に、ヴィルヘルミナもことさらに冷たく命じました。

「さあ、グズグズせず、我々の髪を梳かし、靴を磨くのであります」

薄汚れた少女は黙々と、ときおり厳しい注意や指摘を受けながら、義姉たちのおめかしを手伝いました。

メリヒムはマントと剣帯付きのドレス、ヴィルヘルミナは常の使用人服をグレードアップさせたようなワンピースと、それぞれ変な格好でしたが、テンモクイッコの、梳く髪もなく纏う

ドレスも不要なために素の鎧のまま、というのよりは遥かにマシです。

やがて身なりを整え終わると、三人は連れ立ってお城へと出かけていきました。

その最後にメリヒムは、ご丁寧に課題まで言い残していきました。

「財の意を問い、ひたすらにこれを打て。得られたものを離さず、生かす道を探せ。決して疎かにせず励め」

ほとんど謎掛けで、しかも鍛錬の強要とも思えるこの課題の意味を、シャナは悔しさと自分の迂闊さへの怒りの中、必死に知恵を絞って考えます。考えつつ、いつもの習慣として鍛錬用のハシバミの枝を取った瞬間、
閃きました。

（——「財の意を問い」——）

シャナは家の裏口を出て、走りました。

寂しい道の先にあるのは、亡き実母のお墓です。

そこには、この枝を取ったハシバミの木が植えられています。ハシバミは、この地方で財産の象徴とされる木なのでした。

少女は、家族が自分を真に王者として育て上げようとしていることを、表面上の厳しさ冷たさに騙されず、知っていました。だから、その仕打ちを恨んだりはしていません。彼女らの本意が、自分の舞踏会参加にあることも察していました。

そしてなにより、彼女らが自分を王者として育てようとしていた理由が、今は亡き実母との誓いにあることも知っていました。

そこに植わっているのが、ハシバミの木。

これが、偶然であろうはずがありません。

これも、自分に課せられた試練なのです。

もちろん、『舞踏会』参加のための。

（――「ひたすらにこれを打て」――）

「――っは！」

シャナはその根元に辿り着くや、メリヒムの言いつけどおり、必殺の勢いでこの幹を打ちました。何度も、何度も。

積み重なった打撃は、次第にハシバミの木を大きく揺らしてゆきます。やがて、
ドサッ、
と、揺れた木の上から厳重に梱包された箱が落ちてきました。

「……」

見れば、箱には一切れの紙片が挟んであります。そこに書かれた短文一行に曰く、

『舞踏会にて勝利せよ』

「……」

シャナの胸の奥に、熱い炎が湧き上がりました。開けずとも中身の分かる箱を、あえて今、開けます。

中にはやはり、輝く純白のドレスと靴が収められていました。

（――『得られたものを離さず、生かす道を探せ。決して疎かにせず励め』――）

「……はい」

言いつけどおり、シャナは箱を胸に抱きます。

恨みに囚われず精進に励み、
狙いを定めてこれを誤らず、
恵まれるのではなく勝ち得、
少女はいよいよ、この国の王座を掴み取るための戦いを始めるのです。

別の場所で、もう一人の少女は途方に暮れていました。

「ねえ、はやくいこうよティリエル！」

「はいはい、今すぐ参りますわ」

ティリエルが、姉のソラトに甘く優しく答えてから豹変、

「ほおら、私たちの支度が終わったら、さっさと仕事に取り掛かりなさい。帰るまでに家の全

てを掃き清めておくのですよ？」

声とともに投げつけられた箒を手に、ヨシダは玄関先で立ち尽くしていました。

「せっかくだからお休みにしてあげ……いえ、なんでも、ありません……ううう」

次女の視線に震え上がる継母オガタが、二人を伴ってお城に出かけてから何分か何十分か、彼女は突っ立ったまま、夜の彼方に浮かぶお城を眺めていました。

「王子様……」

実は彼女は、ユウジ王子と面識がありました。

お使いに出かけた行き慣れぬ城下町で道に迷った際、お忍びでうろついていた彼に案内してもらったことがあったのです（最後に彼は、イケ侍従長率いる手勢に引っ捕えられ、連れ戻されました）。

それ以来、身分の割に親切で優しい少年を、彼女は慕い続けていました。案内される際に王子としての苦労話……つまり愚痴を聞かされたことで、自分がそれを幾分かでも軽減できれば、とも願ってきました。

とはいえ、所詮は非力な少女一人。なにをどうすればいいのか分かりません。

とうとう舞踏会が開催される、そこで彼の妃が決定する、という段になっても、ただ立ち尽くすしかありませんでした。

「行きたいな……」

ポツリと、想いを口にするくらいが関の山でした。

と、そのとき、

「――ヒーッヒッヒッヒ！」

どこからか、軽薄な笑い声が不気味に響き渡りました。

「ホントーに、行きてえか？」

「だ、誰ですか？」

ヨシダは振り向いて辺りを見回しましたが、どこにも人の姿は見えません。

「なあーに、魂一つでなんでも願いを叶える、言ってみりゃあボランティアな悪魔ブッ!?」

いきなり不気味な声が途切れて、代わりにハッキリした女性の声が、

「バカマルコ、なーにデタラメ言って一般人ビビらせてんのよ」

ヨシダのすぐ前で、ボワン、と白い煙が立ち昇りました。

「ひゃっ!?」

彼女は驚いて飛び退きます。

煙が薄れると、そこには群青色のマントに群青色の鍔広トンガリ帽子、星飾りのついた杖という、見るからにそれものの格好をした魔女が、長身を反らして傲然と立っていました。

意外に若くて、眼鏡までかけています。右脇にはドでかい本を抱えていました。

「あ、あなたは……？」

恐る恐るヨシダが訊くと、魔女は大きな胸を張って、堂々と名乗りを上げます。

「私は魔女のマージョリー・ドー。別に洒落じゃないわよ」

訊いてないことにも答えます。

「実は私、あんたの名付け親なの。仮にも名前を授けた娘が、社会の片隅で灰かぶって朽ちてくのが面白くないから、助けに来たってわけ」

「ヒャヒャヒャ！　灰かぶりって付けたのぁ、自分だろーにブッ!?」

魔女は、馬鹿笑いする右脇の本を叩いて黙らせました。魔法使いなのでこの程度はアリだろうか、とヨシダも深く追及はしません。

「とにかく、今日は運命を一発逆転できるチャンスの日でしょ。道を開くから、ちゃっちゃと玉の輿を分捕りなさい」

なんとも直裁な物言いです。

ヨシダはおずおずと、もう一度訊きます。

「えっ、そ、それって、もしかして私を、舞踏会に連れて行ってくれるってことですか?」

「それ以外のなんに聞こえたってのよ」

「でも私、ドレスもないし、お城にも入れるかどうか、王子様だって私なんか選んだり……」

怯む女の子に、マージョリーは帽子越しに頭をガシガシ掻いて怒鳴ります。

「あーもー、グジグジ言わない！　私がなんなのかお分かり?　魔女よ、魔・女！」

「面倒くせえ。やっちまえ、我が万能の魔女、マージョリー・ドー」

「そーね。やるわよ、マルコシアス――**お姫様は、なんでできてる？**」

問答無用で彼女らは呪文を唱え始めました。

「**ほいきた、お姫様は、なんでできてる？**」

「**お砂糖とスパイスと！**」

「**すてきなになにもかも！**」

「**そんなもので、できてる――っは!!**」

魔女が掛け声とともに杖をヨシダに突き出すと、ボワン、と白い煙が立ち昇って、少女の身を包み隠しました。

「ゴホ、ゴホ、な、なにが――あっ!?」

煙が薄れた途端、ヨシダは驚きました。

口元にやった手が、白い絹の手袋に包まれていたからです。体を見下ろすと、同じく純白の素晴らしいドレスを纏っています（少し胸元が開きすぎではないだろうか、とも思いました）。

靴も銀糸で編まれた立派なものでした。

後れ毛の目立った髪は綺麗に整えられた上、金のティアラを頂いています。疲労にやつれた頬は柔らかさを取り戻し、朱を帯びてさえいました。

「ふん、まあまあかしら」

「結構結構、素材がいいと、なに着ても映えるねえ、ヒヒヒ」

自分たちの仕事の感想を言い合う二人に、しかし辛酸を嘗めてきたヨシダは、所帯染みた危惧で返します。

「でも、あの、私、お金とか、なにもお返しできないんですけど……」

マージョリーは思わずガクッと肩を落としました。

「あのね……私は魔女なの。偉くて凄くて強くてなんでもできるわけ。当然ロハよ、ロハ」

ついでとばかり、素直に感激しない少女にズイと詰め寄ります。

「それより、あんた」

「は、はい？」

「こうやって助けるからには、お礼なんかよりも重要なことがあんの。つまりは『助け甲斐』ってやつ。どういう意味か、分かる？」

「えっ？」

戸惑う彼女に、マルコシアスが助け舟を出します。

「よーするにだな、嬢ちゃんが『夢見る』だけじゃなく、望みの中に飛びこんで、それを掴み取るほどに『欲してる』かどーかってことよ」

「あ……わ、私……」

ヨシダは、自分が本当に、、、、、、、舞踏会に行けるという事実を、ようやく呑み込みました。呑み込んで、そのとんでもなさに身震いしました。

なんだか急に、あの夜空に光るお城が、恐い所のように思えてきます。夢見る気楽さではない、欲することの覚悟を、自分が今まさに求められている、と気付いたのでした。

いつの間にか足元にやって来ていたネズミのサトウとタナカが、彼女に向かってネズミなりの大声で叫びます。

「チュー（なにを躊躇ってるんだよ！）」

「チュー（やらなきゃ、一生後悔するぞ！）」

「……」

ヨシダには、ネズミたちの言っていることが、なんとなく分かりました。

改めて自分の気持ち、王子が好きだという気持ちを確かめます。行って想いが破れることの覚悟、それを超えて、ただただ王子を想う自分の気持ちを、確かめます。

答えは、やはり決まっていました。

静かに、それを口にします。

「はい。お城に行きます。私、王子様が好きなんです。あの方を助けたいんです！」

マルコシアスが弾けるように答えました。

「ヒーッヒヒヒ、決まりだ！」

マージョリーも頷いて、彼女に言います。

「オーケー。じゃ、カボチャを用意して」

「カボチャ？」

「いいから」

ヨシダは言われるまま、家の裏の畑から、手袋を汚さないよう気をつけて、いちばん立派なカボチャを取ってきました。

「御者は私がやるからいいとして、馬が——」

マージョリーは地面を……正確には、そこにいる小さな動物に目を留めました。

「チュー（嫌な）」

「チュー（予感）」

言い合うネズミたちとヨシダが置いたカボチャに向けて、再び魔女は杖を振りかざし、呪文を唱えます。

「**四番は豚、三番はロバ！**」

マルコシアスが続けます。

「**二番は二輪馬車、一番は四輪馬車!!**」

ボフッとまた白煙が上がって、カボチャとネズミがその中に包まれました。

やがてそれが薄れ、

「ヒヒーン（なんつーか、今回……）」

「ヒヒーン（扱いが酷すぎるよな……）」

「わあ――！」

ヨシダの前に、カボチャを象った豪奢な六頭立ての馬車が現れていました。

ちなみに馬は、やはりというか半端な着ぐるみ風です。先頭の二頭、サトウ馬とタナカ馬の足から棒が伸びていて、後ろに二頭ずつ、動作がシンクロする仕掛けになっています。

その出来に満足したマージョリーは、ヒラリと御者の席に飛び乗りました。鞭を取って、呆気に取られているヨシダを急かします。

「さあ、ボーっとしてないで乗んなさい！」

「グーズグズしてっと、王子サマが他の女に取られっちまうぜぇー？　ヒヒヒ」

「は、はい！」

今や、どこかの国のお姫様と称しても通るほどの美しさを得たヨシダは、しずしずと馬車に乗り込みました。実の父母が健在な頃に、その筋の教育は受けていたので、付け焼刃ではない気品が、あらゆる挙措に漂っています。

（なるほど、たしかに助け甲斐はありそうね）

マージョリーはニヤリと笑い、今度は前に向かって叫びます。

「それじゃあ、出発！　鞭で引っ叩かれたくなかったら、急いで慌てず行進開始!!」

「ヒヒーン（はいー！）」

「ヒヒーン(よいしょっ——と!)」

六頭にして二頭の嘶きを先触れに、カボチャの馬車は一路、お城に向けて走り出しました。

メリヒムとヴィルヘルミナの支度を手伝ったため、シャナは一人での身支度に苦労はしませんでした。

純白のドレスは絢爛な花のように広がり、シルクの靴は鋭く高く地を打ちます。白に映えて煌く紅蓮の髪に小さな冠型の飾りを頂く、その姿に漂うは、まさに王者の風格。

「よし」

鏡の中の自分に一声かけて、表に出ます。

彼方を見れば、月は山から僅かな位置。少し急がなければなりません。

ドレスにも構わず走り出そうとする彼女に、

「おぉ——待ちなさいぃ!!」

「!?」

ぎょっとするほどハイテンションな声が、どこからか降りかかってきました。

「んーんんん、んーふふふ」

妙な、笑っているらしい声を辿ると、それは家の屋根の天辺に。

星散る夜空を背景に、ひょろ長い影とまん丸な影が、並んで立っています。

「あぁーるときは影、まぁたあるときは影」

「影ばかりですねひははは」

ひょろ長の手が伸びて、まん丸のほっぺ（？）をつねり上げました。

「なにか用？　私、今急いでるんだけど」

非常に嫌な予感を背筋に走らせつつも、シャナはいちおう、尋ねました。

ひょろ長の影が、バシン、と額を叩いて背を逸らします。

「のぉーう！　そぉーれはあまりな言葉！　我らは君の実の母上より、君を守るよぉーう託された、エエークセレントな鳥の人!!」

まん丸が、両手に付けた小さな翼らしきものをバサバサと羽ばたかせ、

「ほら、ちょっと不細工だけど、鳥の羽根もあるでしょひはひひはひ」

またひょろ長につねられました。

「ドォーミノォー、私の作った『我学の結晶エクセレント番外0001ー小さな翼』に、なぁーにか文句でもあぁーるんですかぁー？」

「じゃあ、私そろそろ――」

「ストォ――ップ・ザ・タイム時よ止まれ！　今からおぉー城に走っても、舞踏会には間ぁーに合いませんよぉ？」

シャナはようやく、本気で彼らの言葉に耳を傾ける気になりました。

「馬車かなにか、用意してあるの？」

なぜか、ひょろ長は肩を大げさに竦めて見せます。

「んーんん、馬車？　馬ぁー車ぁ？　なぁーんてナァーンセンスにして原始的！」

イライラしつつ、また嫌な予感が膨れ上がるのを感じつつ、シャナはお城に辿り着くために辛抱強く、ひょろ長に訊きます。

「他に、乗り物が？」

「んーふふふ、私たぁーちは鳥の人なぁーのですよ？　となれば、その答えはおのずから分かりはしぃーませんかねぇ？」

「……まさか」

得意絶頂、ひょろ長が叫びます。

「そおう！　そのまあーさかを追求することこそが、まさにエエーキサイティング！　こぉーんなこともあろうかと密かに開発しておいた『我学の結晶エクセレント番外０００２―大きな翼』――いぃーでませぃ!!」

ガゴン、と彼らを乗せた屋根が……というより家が、二つに三つに四つに分かれ、全体を丸ごと変形させます。おとぎ話とはいえ、あんまりな展開でした。

「……」

言葉を失うシャナの眼前で、彼女の家が大きく横に広がってゆきます。

4　決戦、舞踏会

お城の正門から程近く、馬出しという広場の前に、舞踏会の会場たるホールはありました。

この広場に次々と馬車がつけられ、着飾った娘とその親たちが参集してきます。

明るく広いホールには、壮麗優雅なワルツが流れ、娘たちによる軽やかなステップとターンが、そこここでドレスの花を咲かせています。パートナーは主に貴族の子弟ですが、この舞踏会の場合、男は唯一の例外を除いてオマケ・つけあわせ・ステーキにおけるパセリです。

その唯一の例外たるユウジ王子が、ようやくダンスを求める娘たちから解放されて、三段高い王様たちの席まで戻ってきました。

「どうだ、息子よ。せめて鑑賞する楽しみ程度は堪能できたか」

相変わらず刺々しい声で、アラストール王が訊きます。

「は、はひ……」

ユウジ王子は、肩で息をしています。無理もありません。国中の美しい娘たちが一堂に会しているのですから、その人数も半端ではありません。ほとんどダンスの耐久レース状態でした。

「後のこともあるんだし、今くらいはちゃんと楽しませてあげなくちゃね？」

チグサ王妃が和やかに恐いことを言います。

そう、王妃の言う通り、今行われているダンスは、実は本当の式典を行うための準備体操に過ぎないのでした。

「よ、よ、よさそうな子はいた？」

「というか……あ、サンキュ」

イケ侍従長からおしぼりを受け取りつつ、ユウジ王子はゲンナリした顔で答えます。

「変な人ばっかだよ。長身の剣吊った人に振り回されて鼻で笑われたり、白いヒラヒラ付けた人に値踏みされるみたいに見つめられたり、双子っぽい姉妹に一方的に踊るところ見物させられたり、その母親らしい人に愚痴を聞かされたり……なんか恐い鎧も端っこに立ってるし」

「あらあら、個性的な子が揃ってるのね。楽しみだわ」

「……」

ゲンナリからドヨンに顔色を変えるユウジ王子の耳に、ウィネの鋭い声が届きます。

「新たな来会者のおなり――――！」

もう何度となく聞いたその通達に、なぜか王子は期待のようなものを覚えました。

入り口を見れば、どういうわけか、その周囲のダンスが止まっています。人垣が静まり、ゆっくりと自然に、下がってゆきます。

「……？」

王子が見る先に、美少年と大柄、二人の立派な従僕が先触れとして入室し、主を迎えるため入り口の左右で向き合います。

人々が、息を呑みました。

純白のドレスを纏った、一人の女の子がホールに入ってきたのです。柔らかな微笑みに、まるで周りが薄っすらと輝いているかのよう。

嘆息のみが、人々の間に満ちました。

ティリエルとソラト、オガタでさえも、この何方の姫君かとも思える女の子が誰なのか、気付けませんでした。まさに見違えるとはこのことです。

（あの子は、もしかして……？）

ところが、ユウジ王子だけは、この女の子の正体を見抜いていました。いつだったか、城下へお忍びで出かけたとき案内してあげた、心優しい女の子です。

（たしか、ヨシダって言ったっけ……あの子が、来てくれたんだ）

彼女が自分へと向ける、打算を感じさせない真摯な微笑みを、ユウジ王子はとても温かく感じました。

「……月は」

アラストール王が、彼女の到来を待っていたかのように（そしてなぜか不機嫌そうに）、イ

りました。

王様が本当の式典開催を告げようとした声を、先と同じくウィネが、今度は驚愕の叫びで切
「な、なんだっ!?」

「うむ。では、これより——」

「は、既に山に懸かっております」

ケ侍従長に尋ねました。


人々はその叫びの意味を、他でもない王様が尋ねた月の中に見ます。

王様の正面、つまり入り口の上に大きく付けられた明かり取りの窓に光る月——そこに一点、黒く影が映っています。

両翼を優美に広げて近付いてくるそれは、まるで鳥。しかし明らかに、遠さの実感と目に映るサイズの間に齟齬がありました。

つまり、とても大きいように思えるのです。

「——?」

その影を見たユウジ王子は、さっきの到来とは逆に、戦慄のようなものを覚えました。

鳥の影はどんどん大きくなります。目的地がこの城なのは明白でした。

城壁の上では、衛兵隊長のオルゴンがペラペラの兵隊たちに矢を射掛けさせ槍を立てさせして、この侵入を食い止めようと試みています。

しかし、飛来したそれは兵隊たちの抵抗を強引に突き破りました。城壁の上部を打ち砕いて（ついでにオルゴンと兵隊たちを「あーれー」とぶっ飛ばして）一気に馬出しの中央に着弾、もとい着陸、もとい墜落しました。

ものすごい轟音と土煙がホールの中に吹き込んで、人々の間に叫喚が湧き上がります。

その破片も飛び散る土煙の中から、ゴロン、と大きなまん丸の物体が転がり出ました。どうやら、鳥の中に入っていた物のようです。

まん丸の天辺には、人の顔に見えなくもない発条と歯車の細工があります。それが、扉の脇で驚きに描いた一つ目を見開いているウィネに、グルン、と向き直って言います。

「掛け声、お願い致しますんでございます」

「……？」

なんのことか計りかねるウィネの前で、まん丸はガパッと、体の前を開きました。

カツン、

とシルクの靴を小気味よく鳴らして、一人の少女がその中から歩み出ます。

テンモクイッコ、メリヒム、ヴィルヘルミナらが、それぞれにでき得る限りの強い笑顔で、真打の到来を迎えます。

破片と土煙をさえ、己を飾り引き立てる舞台として、巨大な存在感と貫禄を漲らせる、真紅の瞳と髪の、少女でした。

呆気に取られていたウィネは慌てて、あらん限りの大声で叫びます。

「新たな来会者の、おなり――!!」

少女は小さく頷いて答えると、今度は自ら朗々と、ホールの群衆に向けて告げます。

「シャナ、お召しに応えて只今参上!!」


「んんー、でぇは、グゥーッド・ラック」

「頑張ってくださいねー」

黒焦げアフロになって倒れているヒョロ長を引き摺ってまん丸が退場し、

「うん、ありがとう」

少女がお礼を言うと、ホールを俄かな静寂が支配します。彼女の到着こそが、全てへの区切りであるかのように。

それを感じてか――本来なら立ち上がるところを、王冠なので仕方なくチグサ王妃に掲げられる――アラストール王が、厳かに宣言します。

「聴きて銘じよ、参じた諸衆! これより、ユウジ王子が妃を決定する『舞踏会』を開催する!!」

破片を大急ぎで片付けるペラペラ兵士らを背景に、参加者たちがどよめきます。当然といえば当然でした。彼女らは、今まで踊っていた舞踏会こそが、まさにそれだと思い込んでいたのですから。

しかし現に、王の声に呼応して、片付けをするのとは別のペラペラの兵隊たちが、入り口や窓の前に立ち、ホールから逃げられないよう、その場を固めています。

不安と恐れの漂い始める中、アラストール王は玉座の傍らに立つ小柄な影に声をかけます。

「では長老、あとを頼む」

「ああ、わかりました」

「ふむ、では始めるかの」

脇から進み出たのは、小さな子供のように見える、あくまで見えるだけという王家の長老、カムシンとベヘモットです。

ぶかぶかの、フード付きローブを纏った長老は、群衆の前に立ちます。

「ああ、皆さんも、王家へ迎え入れるに相応しい女性を探す材料が、まさか外見とダンスだけとは思っていないでしょう?」

フードの奥から丁寧な言葉遣いの、しかし笑みを含んだ声がホールに響きました。

娘たちは元より、その親たちも露骨な言いように怯みます。彼らとしては、もっと搦め手から……要するにずるい手段でそれを勝ち取ろうとしていたのですが、王家の方が、より強引で乱暴だったようです。

べヘモットがぬけぬけと続けます。

「ふむ、もちろん、その期待には沿うつもりじゃ。妃たる者に課せられる試練は三つ。徐々に人数を絞り込み、最終的に王子が花嫁を選択する。儂らは進行を担当し、審査は――」

彼らと、玉座の二人を挟んだ反対側から、三人の重臣が入ってきました。

「このお三方、将軍、軍師、巫女によって行われる。ではまず、将軍より第一の試練を」

頷き、シュドナイ将軍が進み出ました。

「では、『舞踏会』、第一の試練を与える。王家という泥沼に踏み込む、最も基礎的な力である、先見の明と実行力、運を見極める」

嫌な予感が聴衆の間に満ちます。

「多人数から選別する、一番手っ取り早い方法だ。平たく言うと……いい感じに減るまで、腕っ節でやり合ってく――」

「ぎゃあっ!?」

れ、とシュドナイ将軍が言葉を結ぶ前に、ウィネがドでかい大剣で斬り倒されました。

「ほら、ひとりやったよ、ティリエル！」

「素晴らしい抜きつけですわ、お姉様」

カムシンとべヘモットが呆れ、

「ああ、失格です」

「ふむ、退場じゃ」

包囲の一角にいるオルゴンに命じます。

ペラペラの兵隊が、せっかちなソラトとティリエルを取り囲みました。

「あれっ、ボク、おきさきになれないの？」

「誰が、誰の、お妃ですって、お姉様？」

「うぐ、ぐ……ご、ごめディリ、エ……」

結局なにしに来たのか分からないまま、もつれ合う二人は引っ立てられてゆきました。ついでに可哀相なウィネも医務室に運ばれます。

「はぁ……ついでに私も帰るわ」

疲れきった顔でオガタも退場しました。

群衆のざわめきが去ってから、ゴホン、とシュドナイは咳払いして仕切りなおします。

「ただし、だ。よく聞いてくれよ。命に関わるような真似は、失・格・だ。暴力の加減もできない奴に支配者の一員たる資格はないからな。じゃあ、始めてくれ」

現金なもので、言われた途端、踊りのパートナーや参加者そのものとして手勢を潜入させていた一部有力者が、周囲の娘たちへの攻撃を開始しました。腰に帯びていたり、スカートの中から取り出したりした剣でポカリと殴って（さすがに刃は落としてあるようです）、次々と失格者を増やしてゆきます。

たちまちホールは、逃げる者と追う者、戦う者や抗う者による阿鼻叫喚の巷と化しました。

段上にあるアラストール王始め王家の面々は、これを平然と眺めます。

ただ、事の仔細を初めて知ったユウジ王子だけが、欲望恐怖野心興奮、全てが入り乱れる人間の狂態を、蒼白な顔で見つめていました。

とりわけ心配なのは――

「あっ！」

思ったとおり、ヨシダが十人からの刺客に取り囲まれています。彼女を守るのは非武装の従僕二人だけ。多勢に無勢と見えました。

「かかれっ！」

どこぞの貴族らしき壮齢の男（傍らに立つ娘は、王子の好みにあまり合致しません）の号令で、刺客たちが飛び掛かりました。

ヨシダは覚悟からの落ち着きとともに、それらを迎えます。

瞬間、
彼女と従僕を囲む竜巻のように、群青色の炎が渦となって噴き上がりました。

炎に巻かれた刺客たちは悲鳴を上げて転がりますが、なぜか火傷は負っていません。代わりに、燃え移った炎がまるで縄のように体をグルグル巻きにしてしまいました。

「ブチッ殺さない手加減って難しいのよねー」

「ヒヒ、ぼやくなぼやくな」

いつの間にか、ヨシダの背後にトンガリ帽子とマント姿に星飾りの杖を振りかざす、一見して魔女と分かる女性が立っていました。

「そうだ、あんたたちも手伝いなさい」

「はいっ、マージョリーさん！」

「へへっ、番外編の役得だよな！」

従僕たちの手に、群青色の炎からなる剣が生まれ、刺客たちを次々と打ち据え、炎で捕らえてゆきます。

（よかった）

ほっとするユウジ王子は、もう一人、別の意味で気になっていた……心配ではなく、興味と期待を抱かされる少女の姿を探しました。

シャナと名乗った、真紅の髪と瞳の少女です。

（――いた！）

彼女も同じく、別の貴族らしき連中に追われています。と、その進む先に、隻眼鬼面の鎧武者がゆらりと現れました。

（……置き物じゃなかったのか）

王子が思う間に、鎧武者はどこからか抜き身の大太刀を手に取りました。

「危ないっ！」

つい叫んだ王子でしたが、シャナの方はとっくに気付いています。その継母の仕草に、殺気が全くないことにも。

継母テンモクイッコは無造作に、義理の娘に向けて大太刀を投擲しました。

自分の全てを込めた大太刀の離れるとともに、彼女の姿はまるで霞のように掻き消えます。

「――王者よ――」

「!!」

それでもシャナは笑い返して、この継母そのものでさえある大太刀の柄を過たず摑みます。

投擲の勢いを殺さず靴先を回し、輝くドレスを翻し、背後から迫る刺客たちに振り向くや、

一跳び、

どんなワルツよりも華麗に、その間を突き抜けていました。

振り抜いた大太刀に残る動作の余韻に、少女が充実の笑みを浮かべると、まるで舞踏の共演者のように、刺客たちが一斉に倒れました。もちろん全て峰打ちで、死んではいません。

(すごい……!!)

ユウジ王子は、少女の絶技に感動を覚えました。彼女が自分の妃候補であるということは、すっかり忘れています。

と、その少女の前に一人、サーベルを手にした長身の女性が立ちました。

「見事だ、シャナ。二人の母も喜んでいよう」

「……メリヒム義姉さん」

強烈な、燃え上がるような嬉しさで、少女は自分の師を迎えました。

「次は俺の番、王者に課す最後の試練だ」

叫喚乱闘の満ちる中、二人は静かに向き合い、

「来い、シャナ」

「うん」

そして互いに踏み込みます。

この後――二人による五、六ページになんなんとする激闘が繰り広げられるのですが、これはあくまで、あくまでファンタジーでメルヒエンなおとぎ話なので、割愛します。

とにかく激闘が終わり、シャナが勝利しました。

その煽りを食ってか、すっかり会場には人気がなくなっています。というより、彼女らの他にはヨシダ一党が残っているだけで、後は全員、医務室送りになるか棄権して退場するかしていました。

試練を早々に棄権していたヴィルヘルミナが、長い戦いの末、紙一重で敗れたメリヒムを、白いフリルの端から伸ばしたリボンでグルグル巻きにします。

「な、なにをする」

彼女はいけしゃあしゃあと答えます。

「急ぎ手当てする必要があるのであります」

「便乗」

もう一人の声に、彼女は自分の頭をゴン、と殴りつけました。そうしてから、ドレスも未だ無垢なる白を保つ義妹へと、優しい視線を向けます。

「存分の活躍を」

「当確」

シャナは大きく頷きました。

「うん」

「待て、俺にもまだ話すことがフガ」

「絶対安静であります」

「護送」

グルグル巻きにした姉を小脇に抱えて、ヴィルヘルミナは恬淡と立ち去りました。

残されたシャナは周囲を見渡し、残った唯一の敵、二人の従僕と魔女に守られた女の子に目を留めます。

「……」

「……」

真紅の瞳に対して、ヨシダも負けず強い視線を送り返します。

その後ろで、興深げにこれを見ていたマージョリーが、段上の長老カムシンに言います。

「もう次に行ってもいいんじゃない？　ちょっと減りすぎたくらいだし」

長老は傍らのシュドナイ将軍に、フードの下から目を向けます。

将軍は肩をすくめることで、諒解の答えを返しました。

「ああ、いいでしょう。では次に、軍師より第二の試練を」

長老に促されて、軍師ベルペオルがシュドナイ将軍と位置を換わります。

薄い唇の端を吊り上げる独特の笑みをそのままに、ベルペオルは言います。

「では、見事残りし両者に、『舞踏会』、第二の試練を与えるとしようかの。と言うても、先の試練が如き野蛮な真似はせずとも良いぞ」

シュドナイ将軍が、ムッと眉根を寄せます。同意を欲して傍らの巫女へカテーにサングラスを向けますが、白装束の少女は全くの無表情。どこぞの神を身の内に下ろしていないだけ、まだマシと言えるでしょう。

そちらを無視して、軍師は続けます。

「私の質問に答え、この三重臣から評点を得るという、容易い試練さね。よろしいかな？」

シャナ、ヨシダ双方、深く頷きます。

その後ろで、サトウがマージョリーにこっそり訊きます。

「やめときなさい。他人の助力を得られるかどうかの試験は今、終わったとこよ。中身の方は取り繕って(つくろ)も意味がないわ。あとは本人の適性に委ねる(ゆだ)だけ……」

「俺たち、手助けしていいんでしょうか」

タナカは祈るように、自分たちのお姫様(ひめ)を見守ります。

「ヨシダちゃん、頑張れ(がんば)。なんか相手は手強(てごわ)そうだぞ」

両者、促さ(うなが)れるでもなくゆっくりと段の下へと進み出て、上に立つ軍師(ぐんし)に向き合います。

5　王子の選択

「作麼生！」

と古臭い言い回しで、軍師ベルペオルは問答を始めます。

「王たる夫の病に倒れ伏したるとき、まずいかなる対処にて当たらんとするか？」

「……それが妃を決める席でする質問か？」

ユウジ王子が、あんまりな言い様に抗議しますが、無論誰からもフォローは入りません。イケ侍従長も黙って肩を竦めるだけです。

質問を受けた二人は、互いに横目で相手の出方を伺い、やがてシャナが先に答えました。

「説破！　遂行中の政戦両略を第一の命題として、私が王に代わり対処に当たる！」

ベルペオルは、ふむ、と顎に手をやって宙を三分の二の瞳で見やります。

程なく、どこからか取り出した、小さな丸板に棒を付けた得点ボード（十点満点です）を上げました。

『三点』――［配偶者とて不用意な独断専行は不可］

と、それにはコメント付きで書いてあります。

「なっ⁉」

シャナが思いもよらぬ低い評点に驚きます。

しかし、シュドナイ将軍が同時に、

『八点』――［非常時には確固たる立場を持った指導者が必要］

の高得点を上げていました。

いつの間にか巫女へカテーも、

『五点』――［　］

のボードを手にしています。

長老カムシンが集計します。

「ああ、十六点ですね」

「ふむ、ではもう一人のお嬢ちゃんの答えを聞こうかの」

もう一人の長老たるべへモットに促され、なんとか考えをまとめ終わったヨシダが、おずおずと口を開きます。

「まず倒れた……その、夫を、看病して、快方に向かうよう、お医者さんと努力します」

シャナの際と同じ方式で、しかし軍師は、

『九点』――［王の危難に乗じぬ姿勢こそ好し］

と対照的な高得点。
一方の将軍は、
『一点』――［庶民の美質と王族の義務は違う］
とまた対照的に低い得点。
巫女は変わらず、
『五点』――［　］
と平均点。どうでもよさそうです。
今度はベヘモットによる集計。
「ふむ、十五点じゃな」
シャナが、横目でニヤリと笑います。
ヨシダは、グッと唇を引き結びます。
軍師が次なる問いを発します。
「作麼生！　無能なる実子、有能なる庶子、いずれに王位を継承させるべきか？」
シャナは先手必勝と、間髪入れず答えます。
「説破！　有能なる庶子なり！　王の無能は国を危うきに導く！」
軍師、
『七点』――［王者はまず器量あってこそ］

将軍、
『二点』――［正統なる血筋(ちすじ)を乱せば国も乱れる］
巫女(みこ)、
『五点』――［　］
長老(ちょうろう)による集計。
「ああ、十四点、計三十点です」
続いてヨシダが、あくまで自分のペースを保ち、考えながら言います。
「やっぱり、無能と言われようと……いえ、自分の子供ならなおさら、守り立てていくべきだと思います」
軍師(ぐんし)、
『二点』――［王足(た)り得(え)ぬ王はあまりに危険］
将軍、
『八点』――［王家の秩序の基は血筋にこそある］
巫女、
『五点』――［　］
もう一人の長老による集計。
「ふむ、十五点で、これも計三十点じゃな」

今度はヨシダが、どうだと言わんばかりに横を向きます。

シャナは目を合わせず、怒気も顕に求めます。

「早く次を！」

「そう急かすでないわ。これで最後なのだしな」

両者に再び緊張が走ります。

「作麼生！　夫たる王、淫蕩に走った際の対処心象は如何に？」

ブッ、と思わずユウジ王子が吹き出しました。これは要するに、彼が浮気しまくったらどうするか、という意味だからです。

「ぼ、僕はそんな――」

「男の言い訳は、どうぞ御無用に」

軍師ベルペオルの妖艶な金の瞳で見つめられて、ユウジ王子は沈黙します。

シャナはその様子を見て、即答できないモヤモヤを胸に抱きました。

その間に、ヨシダが答えます。

「まず話し合って、お互いの理解を求めます。聞いてくれなくても、できる限り……」

「ヨシダさん――！」

感動する王子を他所に、軍師は、

『六点』――［無駄な波風を立てぬことは評価］

将軍はサングラスの中で横に目をやりつつ、

『九点』――「やはり家内円満こそ国家安泰の礎」

巫女はやはり無表情に、

『五点』――「　」

長老による集計。

「ああ、二十点で、計五十点……これはなかなか、高得点ですね」

シャナは自分の不利を感じて歯軋りをします。

似たような答えでは、二番煎じと取られて高得点は見込めないでしょう。といって、断固たる答えでは、将軍への心象が低そうに思えます。

(もし……)

改めて答えを探しつつ、段の上で自分の答えを待っている王子を見ます。初めて会ったわけですが、**とりあえずそんなことは関係ありません**。

(もし、浮気なんかしたら……)

そう思った瞬間、胸の奥から炎が湧き起こりました。戦意とも、前進への意欲とも違う、ひどく向かっ腹の立つ、それは怒りでした。

全く制御できないその感情は、抱いた瞬間、口から怒声として吐き出されていました。

「絶対に！　許さない!!」

「わっ！ ゴ、ゴメンなさい!!」

「……なに謝ってるんです？」

「え、いや、つい」

イケ侍従長に言われて初めて、ユウジ王子は自分の不思議な反応に気付きました。

一方のシャナは、

（……しまった）

後悔しても、後の祭りです。

軍師はやや呆れ気味に、

『五点』――［状況次第］

将軍は微妙にオドオドしつつ、

『五点』――［そういう考え方もある］

それぞれボードを上げます。

二人で計十点。

巫女は、これまでのように五点を出すでしょう。そうなれば合計で十五点。シャナの負けは決定です。

全員ともに、そう確定的に思う注視の中、
巫女がゆっくり得点ボードを上げました。

『十点』

ベルペオルやカムシンも例外ではない全員が数秒、ポカンとその数字を眺め、我に返ってから間違いが無いか、改めて確認し直します。

『十点』

やはり、間違いはありません。

べヘモットが、いちおう集計します。

「ふむ、二十点で、計五十点……つまり、最後の問いも同点なわけ、じゃが……？」

怪訝な皆の視線（心底からの恐怖に震え上がる隣の男含む）を受けるヘカテーは、当然のように怒っていました。

「――『当たり前でしょうが。心を結び合わせた夫婦の絆に泥かけるような真似されたら、まずぶっ叩いて反省させるべきなのよ。あなたもそう思うわよね、アラストール？』――」

玉座の上でアラストール王の王冠が、ビクンと飛び上がりました。

「なっ⁉　なな、なななななななな」

「――あっ、お母さん?・」

アラストール王とシャナは、巫女の内に下りた女性が誰なのか気付きました。押しが強くて理屈っぽくて、しかし見事に強くて華麗な、真紅の髪と瞳を持つ、とある一人の女性です。驚く人間の種類から、なにやら複雑な背後関係のあることが推察されますが、これはメロドラマではなく、あくまで、あくまで、あくまでファンタジーでメルヒエンなおとぎ話なので、詳しい追及は避けます。

「――『うんうん、二人とも立派になったとこを見られたし、もう満足かな。じゃね』――」

巫女へカテーの首がカクン、と力を失って、再び顔が上がります。

そこにはもう、先刻までの豊かで鮮やかな情動は欠片も見られませんでした。

長老カムシンが、裁定を下します。

「ああ、ええと……因果を引き寄せる強運も、王家の人間には必須ということで。両者同点、決着は最終試練に持ち越しますが……よろしいですな」

「構わん」

まるで異議を差し挟む隙を与えぬかのように、アラストール王が即答しました。

その隣で、チグサ王妃が和やかに笑います。

「あらあら、うふふふふふふふ」

「は、は、ふははははははははは」

夫婦の笑い合う恐ろしげな声で、一同の体感温度が三度ほど下がりました。

「ふむ、それではいよいよ、巫女よりの第三、最終試練を」

長老ベヘモットに小さく頷いて、巫女へカテーが、段下の候補者二人に言い渡します。

「では、『舞踏会』最終試練……王子に求愛し、妃となるを認めさせよ」

以上、と声を切って、彼女は脇に下がります。

シャナとヨシダは言葉の意味を噛み締め、理解し、そして王子を見つめました。

「えっ!? そ、そういえばこれは、ああ、そうか、そうだっけ」

自分の立場の重さに今さら気付いた王子は、驚き慌てて周りを見回します。

しかし男の正念場に、助けなどあろうはずもありません。イケ侍従長でさえも、観念しろ、とばかりに首を振っています。

「……」

とうとう二人と向き合うこととなったユウジ王子は、その四つの瞳から放射される強烈な視線によって金縛りになりました。

(求愛)

(王子様に)

迷い戸惑い躊躇する二人の姿は、微笑ましくも激しく美しく……しかし、求められる男にとっては、爆弾を眼前に置かれたような気持ちを抱かされます。

口火を切ったのは、やはりシャナでした。

「ユウジ王子！」

「はいっ！」

王子は背筋を伸ばして断罪を待ちます。

「楽させたげるから、結婚しなさい!!」

「はいっ!!」

返事をしてから、彼は自分のあまりな情けなさにゲンナリとなりました。

反対にシャナは、勝利を高らかに宣言します。

「決まりだわ！」

「そんな、ずるい！」

ヨシダが文句を言って、キッと王子に目を向けます。

「私、ずっと好きでした。王子様と一緒に、生きていきたいんです！」

「……」

胸の温かくなる、素晴らしい求愛でした。公園の恋人同士なら、お互い満足して笑い合える言葉でしょう。

しかし今のヨシダは、告白だけで済ませる気はありませんでした。さらに求めます。

「お返事を、王子様!!」

「はい!!」

もはやどっちが上の立場か分かりません。

今度はシャナが噛み付きました。

「さっき私が承諾を得たのに、なんで後から割って入るのよ!?」

ヨシダも譲る気は全くありません。

「割って入るって、あんなの、勢いで言わせただけじゃない!」

「もし嫌いなら返事なんかされない!」

「ちゃんと訊いた私の方が正しい!」

「私が正しい!」

「私の方が!」

「私よ!!」

「私!!」

額をこすり付けるように二人は睨み合い、全く同時に首を標的へと振り向けました。

気圧された王子はあとずさろうとしますが、長老カムシンがその肩に手を置き、往生際の悪い若者を問答無用に押し留めます。

「ユウジ王子！　私を選んだのよね？　はっきり言って！」

「私の方に、ちゃんとした返事をしてくれましたよね!?」

「でもあの、つまり……ええと」

まずはお友達から、という返答は、こういう儀式の結論としては通用しません。本当に気が合うかどうかを確かめる期間も用意されません。

一発勝負の丁半博打です。

(好きか嫌いかっていえば、すごく可愛いし、強いところにも憧れるし、一緒にいられたらと思うし、ちゃんとしたって言っても、さっきのも同じような感じで、でも前から好きだったたって言ってくれて、こっちも違うタイプだけど可愛いし、優しそうだし、熱いのと温かいのってことで、桜と鈴蘭というか花と花を比べるなど野暮なことだし、ちょっと待って欲しいんだけどそもそもほとんど今日会ったばかりのようなもんでまあそういう儀式なんだけど一生懸命頑張ってここまで来たのにどっちかを断ったりしたらすごく可哀相だしああ僕ってハッキリしない奴だなもう)

脂汗と冷や汗と嫌な汗を同時にかきながら苦悩する息子に、チグサ王妃が和やかかつ無情に告げます。

「ユウちゃん、悩めるのは若者の特権だけど、今日に限って言えば、のんびりできる時間はそんなにないわよ？」

「えっ？　ど、どういうこと」

軍師ベルペオルが、薄く笑って補足します。

「この式典には、王子の決断力と判断力を試す意味合いから、制限時間が設けてございます。すなわち、伝説の姫の退出時間……午前零時」

バッ、とユウジ王子が後ろを翻って見れば、イケ侍従長が用意よく、敷物の上に大きな時計を載せて立っています。

時刻は午後の十一時五五分。

まさに進退窮まるとはこのことでした。

軍師はさらに、意地悪く付け加えます。

「ちなみに、制限時間を過ぎますと、王子の継承者としての資質に疑いありと見做され、立太子の件は再検討を余儀なくされます。また、この両者のどちらを王家に迎えるかについても、王子を除いた我らの協議によって決定されることとなります。あしからずご了承のほどを」

「ううう」

そして、とどめが来ました。

ホールの入り口から、渋く枯れた老人の声がかかったのです。

「御免」

「靴職人にして硝子細工師ラミー、『舞踏会』の結末を見届けに参上仕りました」

「靴――？」

「――硝子（ガラス）？」

シャナとヨシダは事の仕上げを告げる来訪者に振り向きました。

一人の清（きよ）げな老人が、ホールの入り口に立っています。

この国の住人なら、誰でも知っています。

彼が作るのは、伝説の姫（ひめ）が履（は）いて以来（いらい）伝統となった、王太子（おうたいし）の妃（きさき）が婚儀（こんぎ）の大典（たいてん）で用いる履き物です。つまりその名を、
硝子の靴。

全ての娘たちの憧（あこが）れの的、
シャナにとっては王者たるの証（あかし）、
ヨシダにとっては夢の成就（じょうじゅ）の形、
それが今、手の届く所にまでやって来たのです。

二人は振り向けた体をもう一度返して、段上の王子に、最後通牒（つうちょう）を突きつけました。

「「――さあ――!!」」

「…………～～～～～」

気絶寸前（すんぜん）の精神状態で、王子はいずれ劣らぬ二人の少女から、究極の決断を強いられます。

背後の時計が、カ、コ、カ、コ、と容赦（ようしゃ）なく時の過ぎる様（さま）を音として彼に伝えます。

「あと十秒」

長老カムシンが、おたつく間すら与えず、式典の残り時間を読み上げてゆきます。

ゆっくりと歩いてくるラミー、自分を見つめるシャナとヨシダ、背後で無言の圧力を加えてくる王と王妃、家臣たち、零時へと無常無情に進む時計の音――それらに囲まれて、

「~~~~~~――」

「五、四、三」

「――ッ」

「二、一」

「どっちもだ!!」

王子は破れかぶれの叫びを上げました。

唐突な空白、そして時計の音が、今までの緊張がなかったかのように戻ってきます。

「……」

この期に及んで、なんという優柔不断。

自分に絶望し、こんな自分を求めてくれた少女たちの今後を慮るユウジ王子に、

「そうか、分かった」

あっさり、アラストール王が答えました。

軍師ベルペオルも言います。

「結構、ではこのご令嬢方の背後関係を洗い、シロと出次第、城にお迎えしましょう」

「ああ、三重臣、各々異存はありませんね?」

長老カムシンが尋ねて、シュドナイ将軍と巫女へカテーが揃って頷きます。

「ふむ。ではラミー、そのお嬢ちゃんたちの姿を目に焼き付けておいてもらおうかの。両者、創作意欲をかきたてる、見事な素材じゃろう?」

「たしかに」

べヘモットの求めに、ラミーは選ばれた二人を見つめ、腰を折って一礼します。

ユウジ王子とシャナ、ヨシダだけが、事態から取り残されていました。

「……え、いい、の?」

王子はイケ侍従長に恐る恐る尋ねます。

「人数の制限は、元からございません。皆して申し上げたはずです。『王家に受け入れる新たな人間を選ぶ』ことが、この式典における本義だと」

「は、は、ははは」

極度の緊張から解放されて、王子はヘタッと膝をつきました。

それに反応しつつも躊躇う二人の可愛い新入りさんたちに、チグサ王妃が声をかけました。

「遠慮せずに上がって来ていいのよ？　もうお二人とも、私たちの一員なんだから」

「－！」

二人はまた競うように、一緒に段を駆け上がって、両脇から王子を包み込みました。

「ちょっと離れなさい、ベタベタとくっつきすぎよ！」

「そっちこそ、そんなに強くしたら王子様が痛いでしょう？」

「はは、はははははは」

ユウジ王子は喜ぶべきか困るべきか、さっぱり見当がつかなかったので、とりあえず笑ってみることにしました。

段の下、マージョリーとマルコシアスが曰く言い難い声を交わし、

「これで良かったのかしら？」

「ま、笑えるんなら、まだ幸せだろ」

その傍ら、サトウとタナカが同情と羨望を微妙に混ぜて答えます。

「幸せね……そうは見えないけど」

「笑うしかない、って感じだよな」

また窓の外、木の枝に止まって式典を見届けたヒョロ長とまん丸な鳥の人が、

「んーんん、エエークセレントでエエーキサイティングな展開でぇーしたねぇえ。私たちの尽力の甲斐あって、あの子も晴れて王家の一員というわぁーけですねぇ？」

「まあ我々は、ぶっ飛んで落ちただけですけどへひはひひはひひはひ」

つねったりつねられたり。

そして、チグサ王妃が締めとばかり、ユウジ王子に言いました。

「でもユウちゃん、その内ちゃんと決めなきゃ駄目よ？」

「へ？」

「実際に婚儀を挙げるとなったら、正室が二人ってわけにはいかないでしょう？」

「つまり、今の状況は……」

イケ侍従長が溜息に声を乗せて、的確に表現します。

「はい、問題の先送り、という奴です」

「負けない」

「私だって」

眼前で再び飛び散り始める火花を感じ、ユウジ王子は改めて、力なく笑いました。

「はは、はは、ははは……」


その後、即位したユウジ王は、外に無敵の、内に穏やかな二人の妃を持ったことで人生は順風満帆、大陸に覇を唱え、王国に栄耀栄華の一時代を築くことができたということです。
どちらが正室で、どちらが側室かを決めるについては、さらなる一波乱も二波乱も（中略）
二十波乱もあったりしたのですが、それはまた別のお話。
ともあれ今は、めでたしめでたし。

終わり。

灼~~眼のシャナ~~狩人のフリアグネ なんでも質問箱

「フリアグネ様、このコーナー、またあるみたいですよ？」

「ああ、しかも独立枠だね。いずれは短編一つ丸々せしめてやろうじゃないか、私の可愛いマリアンヌ」

「それは……さすがにどうでしょう」

「言っておけば伏線にもなるさ。この小さなコーナーも、いずれ私たち二人の愛の巣として花開く日が来ると思えば、やり甲斐も出てくるだろう？」

「そうですね。そう言われると、なんだかやる気がムギュ」

「うんうん、そうとも、その日まで一緒に頑張ろう、マリアンヌ!!」

「ギュー、そ、それでは今回の一枚目を～」

Q――『どうして担当の三木さんは「この頃には暇になってるはずですから」と言ってた期間に、平然と仕事を入れるんですか？　おかげでこの半年、まともに休んでません』

「……今回は内輪ネタなのかい、マリアンヌ」

「……はい、たぶん」

「見苦しい男だなあ、まったく。電撃にはUおさんとかN田さんとか、もっと速筆の人がたくさんいるのに」

「質問にはどう答えましょう？　キャラクターの身ではなんとも言いようがありませんけど」

「ここは素直に、その担当氏に尋ねてみるのが一番だね」

A——『やだなあ、〝休みなしに仕事がある〟ってのはむしろ良いことじゃないですか。嬉しい悲鳴なんですよ、きっとそれは。ハハハハハ』

「……ここは、深く追及すべきではないのかもしれないね、マリアンヌ。次に行こう」

「……はい。え〜、次、次」

Q——『どうして高橋さんは、普通なら誤字脱字の修正だけという著者校を、まるで全面改稿のような規模で直すんですか？　おかげで校閲さんに目を付けられてしまいました』

「……」

「……フリアグネ様、あの、解説を……」

「あ〜、著者校というのは、いったん完成させた原稿データを元に印刷所が出してくる、文庫の体裁・形式で印刷し直された原稿のことだよ。その著者校を作家が修正加筆して、校閲さんという『入稿したものがきちんと印刷されているかチェックする人たち』に渡すんだ。表記揺れや誤字脱字の指摘なんかもしてくれる、縁の下の力持ちさんなんだよ。その校閲さんから、最終的に印刷所に戻すという仕組みになっている」

「……いったん完成した原稿なんですよね？」

「ところが、我らが作者は、これを修正しないページがないくらいに直すらしい。おかげで校閲さんに『あの高橋』とか思われてるらしいよ」

「とりあえず、作者の言い訳も聞いてみましょうか」

A――『人様から金を取るんだから、限界まで直さないと気が済まないんです』

「立派に聞こえるけど、個人的な志向と、契約を果たす社会人としての資質を取り違えているな。期日の内に完成品を納入するというのは、プロとして最低限の資格だろうにね」

「わあ、フリアグネ様、カッコイイです。まるで鬼編集みたい！」

「ふふふ、そうかい……というか、それは嬉しがることなのかな、私の可愛いマリアンヌ」

『そのおかげで、毎度毎度、校閲さんに頭を下げる僕の身にもなってくださいよ』

「……はがき、読んだかい、マリアンヌ？」

「いいえ？」

『あんな恥ずかしい文章を人様に見せて、あまつさえ金を取るなんてできませんよ』

「ということは」

「あ、あのー」

『だいたい著者校前と後で、まるで違う文章になってるってのはプロとしてどーなんです？』

『後の方が良くなってるんだからいいじゃないですか。結果的に今まで上手くいってますし』

「ちょっと、君たち」

「せっかくの独立コーナーなのに、私たちの方が台詞少ないですー！」

『修正箇所が多すぎて校閲さんから突き返されるようなのは上手くいってるとは言いません』

『二ヶ月連続刊行とかこの番外編とかでスケジュールが押してたからしようがないでしょう』

「もしかして今回は、独立コーナーの形を取ったガチンコバトル中継だったのだろうか?」

「フリアグネ様―、このままじゃ、なし崩し的に枚数が尽きちゃいますよ」

『だから、今度はちゃんと余裕を持って書いてください、って言っといたのに』

『覚悟だけで物理的な時間が稼げるようなら、誰も苦労はしませんよ』

『あっ、開き直りましたね!?』

『事実を言ったまでです!』

「もうここにしか出番のない私たちは気楽だけど、まだ生きてる連中は、こんな状態の中で死命を握られているかと思うと、ちょっと同情してしまうな」

「まったくです……このコーナーも、本当に次があるんでしょうか」

『だいたい高橋さんは大阪人を名乗ってるくせに阪神ファンじゃないなんて、変ですよ!』

『それは偏見だ！　三木さんこそ徳島人なのに虎キチなんて変です！　海挟んでるし！』

『関係な――！』

『だって――！』

『……！』

『……！』

「どうだろう。年に一回くらいのペースでよければ、読者の皆も本コーナーに質問のはがきを送ってくれたまえ」

「でないと、またこんな虚しいバトルが――」

『はあ、はあ……高橋さん、やはり口論だけでは駄目ですね。いつものもので決着つけますか』

『い、いいですとも、受けて立ちましょう。今日の得物は？』

『ここはシンデレラらしく、、、、、小刀でいきましょう……うぉお――！　命殺ったるぁ!!』

『ナマ言ってんじゃやねぇ！　お好み焼の焦げた臭いがワシの狂気を火の玉にするぜ!!』

「……頑張ろう、私の可愛いマリアンヌ。今度こそ、こんな奴らに私たちの愛の巣を荒らさせたりはしない」

「はい、頑張りましょう、フリアグネ様！」

「「それでは皆さん、（あれば）次回をお楽しみに――！」」

完？

※ここからはシリアスな、本編の外伝が始まります。

灼眼のシャナ

オーバーチュア

1　大上準子

毎週木曜日、近所のケーキ屋『ラ・ルウーカス』で苺ショートケーキを買って帰るのが、大上準子の習慣だった。木曜日はサービスデーで、一ピース五十円ずつ安くなるのである。

(――「高校二年生にもなって、子供みたい」――)

とよく自分のことを笑う母に、

(大人びたことしたら怒るくせに、調子いいんだから)

準子は僅かな反発を混ぜて、笑い返していた。

緩い坂を上がる本来のそれと違って、『ラ・ルウーカス』経由の帰り道は、長い階段を一息に昇ることになる。少々億劫ではあるものの、これを昇りきった場所から町並みを眺めるのも、ケーキを買って帰るのと同じ、彼女の楽しみの一つだった。

下校時間は夕暮れに重なることも多い。半端に古くて半端に新しい、ゴチャゴチャした田舎町でも、暮れなずむ様には、それなりの風情があった。

そんな、いつもの夕日の中、右手に学校の鞄を、左手にケーキを入れた箱を提げて、準子は階段を昇る。我ながら贅肉のないスマートな体つき、と思ってはいるが、代わりに筋肉もない。

この階段を前にするときだけは、自分が帰宅部であることを悔やむ。

「はー、疲れた……」

長い階段、最後の踊り場で、深く吐息を漏らす。そして、
最後にもう一踏ん張り、と上を見上げた彼女は、そこに、
階段の頂から自分を見下ろす少女、という形で、自分の、

「……――」

終焉を見つけた。

「――誰？」

夕日の赤に染まるその姿に、準子は不吉な思いをもって訊いていた。

少女は、たった一語で、自分の全存在を言い表す。

「フレイムヘイズ」

大上準子が『ラ・ルウーカス』を訪うことは、二度となかった。

春の風が一陣、二人の間を過ぎった。

階段の上に立つ少女の、長く艶やかな黒髪が風にさらわれ、広がる。

その内には幼くも凛々しい、厳格の気を漂わせる平淡な表情があった。

準子はその表情だけでなく、少女という存在そのものに、恐怖を抱いた。

「フレ、イ……なに?」

意味不明な言葉を鸚鵡返しに呟いて、あとずさろうとする。

しかし、足が言うことをきいてくれない。黒髪の少女が持つ、異様なまでの貫禄に圧倒されて、射竦められたように動けなくなっていた。

実際目に映っている少女は、幼い。せいぜいが十一、二歳というところである。小柄な体躯にフィットした革のジャケットにズボンという、やや厳めしい身形を含めても、本来ならば『可愛らしい』と表現すべき様態、そのはずだった。

だったが、少女は、明らかに、外見ままの存在ではなかった。

トン、と、
その少女が一段、階段を降りる。

「っ――」

突然の動きに、準子はビクリと肩を弾ませる。そうすることしかできない。

どれだけ恐れても、動き出した状況は止まらなかった。

トン、と、

少女はもう一段、降りる。

「――――」

準子は、恐怖の中に予感を得ていた。

途方もなく暗く深い、とりかえしのつかないことが起きる、そんな予感を。

トン、と、
さらにもう一段降りた少女は、小さな口を開いた。彼女が、『この世の本当のこと』を知らない人間に名乗るときの符丁、総称にして自身の名、全存在たる一語を、繰り返す。

「私は、フレイムヘイズ」

トン、と、
言う間に、また一段、降りる。

『贄殿遮那』の、フレイムヘイズ」

その降りる度に、準子の中で予感が膨れ上がってゆく。

「――――い、いや」

拒否は声だけで、体は動かない。

迫る少女の存在感が、まるで周りの空気まで重く固めてしまったかのように、動く猶予を与えてくれない。夕暮れの中、夕闇を連れて、少女はまた、
トン、と、

降りてくる、その小さくも断固たる姿に、準子は僅(わず)かに首を振る動作だけで拒絶を示す。

「来ないで」

「……」

少女は、今度は答えなかった。

黒い冷淡(れいたん)な相貌(そうぼう)が、いつしか準子の正面にある。

あと、二段で自分と同じ踊り場に、少女が降り立つ。

そのときが、自分の終焉(しゅうえん)。

準子の予感は既に、確信へと変わっていた。

絞(しぼ)り出すような掠(かす)れ声で、嘆願(たんがん)する。

「お願い」

トン、と、
少女は容赦(ようしゃ)なく、一段降りた。

「おまえは、もう存在していない」

恬淡(てんたん)と告げる。

「本物の『人間だったおまえ』は、〝紅世(ぐぜ)の徒(ともがら)〟に存在を喰われて、とっくに死んでいる。おまえは〝トーチ〟。死者の残り滓(かす)から作られた、代替物(だいたいぶつ)」

準子には、説明の半分も意味が分からない。分かるのは、本物の自分、死んでいる、死者、

感触だけ。なぜかはっきりと分かる、消滅の感触だけだった。
残り滓、作られた代替物……それらの言葉から漂ってくる、ぞっとするような、冷たく寂しい

「来な――」

トン、と、

少女は一片の躊躇も見せず、最後の一段を降りた。踊り場に達した小柄な、しかし巨大な存在は、相手の拒絶を考慮の内に入れない、ただの宣告を行う。

「おまえを喰らった〝徒〟を討滅するため……存在を、借りる」

少女の細くたおやかな指が、絶望の端のように、準子へと伸びる。

「やめ、て」

「……」

少女の瞳の奥、感情の色が僅かに揺れて、

しかし伸ばされる指は全く揺らがず、

立ち竦む準子の胸に触れた。

そして一瞬、

大上準子は、風に煙の散るよりも早く、掻き消えた。

中身を失った着衣が崩れて落ち、鞄が重く、ケーキの箱が軽く、踊り場の床を打った。

少女は差し出していた手を握り、得た何事かを確かめるために目を瞑る。

日は暮れて、宵闇が来る。


世界の日に影に跋扈する人喰いたちがいる。

この世の〝歩いてゆけない隣〟から渡り来た、異世界の住人たち……〝紅世の徒〟である。

彼らは、人がこの世に存在するための根源の力たる〝存在の力〟を喰らうことで顕現し、在り得ない事象を自在に起こす。恣に、自らの意志と欲望のみを由として。

行為の是非を問える者は無数にあったが、掣肘できる者はなかった。

彼ら〝徒〟は、この世の者には決して押し止められない存在だった。

しかしやがて、他でもない〝徒〟らの中に、気付く者が現れ始めた。

人間を喰らうことで生まれた欠落が、世界に歪みを生じさせている、と。

歪みの蓄積が、この世と〝紅世〟に大災厄をもたらす可能性がある、と。

その大災厄への危惧を抱いた一部の、強大な力を持つ〝徒〟……〝紅世の王〟らは、一つの、苦渋の、決断を下した。この世に侵入して無道を働く同胞を討滅する、という決断を。

とはいえ、彼らは強大な存在であるがゆえに、自身を顕現させるために莫大な〝存在の力〟を必要とした。世界の歪みを抑えるために無数の人間を喰らうのでは本末転倒である。そんな彼らは、難題を解決するための長い試行錯誤を経てようやく、一つの手段を編み出した。

この世に生きる人間の中から、〝徒〟によって家族、恋人、友人らを奪われた者を選び出し、その時空に広げる全存在を器として捧げさせ、己が身を容れるという、手段である。

結果、〝王〟らは己を顕現させぬまま、世を乱す同胞を討つことが可能となり、人間たちは、それまで持っていた繋がりを全て失う代わりに、復讐の牙を手に入れた。

この、互いの協力と変質を、同じく互いの意志の元に行う『契約』により生まれた、異能の討ち手たちの総称を〝フレイムヘイズ〟という。

少女も、その一人だった。

この町に現れた目的は無論、〝紅世の徒〟の討滅である。


大上準子の遺品を両手に抱えた少女は、同じ苗字の書かれた表札の前に立った。

見上げる先にあるのは、街灯も疎らな山手通りに面した一戸建てである。古風な門構えから両隣にかけて、溶け合うような高い生垣を茂らせ、静かに佇んでいる。

「ここか」

少女の胸にある、黒い宝石に金の輪を意匠されたペンダントから、重く深い声が響いた。

声の主は、〝天壌の劫火〟アラストール。

契約の元、少女に異能の力を与える〝紅世の王〟である。彼は、魔神たる本体を彼女の身の内に眠らせ、意志のみをペンダント型の神器〝コキュートス〟に表出させている。

その遠雷のような声に、少女は、

「うん」

と頷くのみで返す。遣り取りの短さに、深い意味はない。互いに使命以外での会話を、ほとんど求めないためである。

門を潜り、幾つかの敷石を踏んで玄関前に立つ。古びた引き戸に手をかけたが、動かない。鍵が閉まっていた。

「……」

少女は何事か探すように周囲を見回し、やがて玄関の傍ら、幾つも伏せて並べてある植木鉢の一つをひっくり返す。

そこに、鍵があった。初めて訪れた場所であるにもかかわらず、当然のように。

素早くこれを取って、引き戸に差し込むが、鍵も古いので、なかなか開かない。

しばらくガチャガチャ悪戦苦闘していると、右手の庭から、

「帰ったの、準子?」

と女性の声がかけられた。

夕闇に負けそうな薄暗い街灯の元、半ば土に埋まった敷石を踏んで、ふっくらした四十過ぎの女性が現れた。庭の手入れをしていたらしく、軍手にビニールエプロンという格好である。

大上準子の母だろう、と少女は見当をつけた。

その彼女がなぜか、少女の姿を確認してから、

「――あ、……」

と、声をかけるのを躊躇った。

奇妙な緊張が、一瞬、互いの間に生まれる。

（おかしいな）

フレイムヘイズの少女は、この反応に疑問を抱いた。少女は、大上準子のトーチに存在を割り込ませることで、生前の彼女に偽装している。

（絶対に疑われるわけはないのに）

トーチは、喰われた人間の残り滓から作られる。

自儘に生きるはずの〝紅世の徒〟が、襲った人間の〝存在の力〟全てを喰らわず、手間隙かけて代替物を作ったりするのは、偏にフレイムヘイズの追跡から逃れるためだった。

全てを喰らう……つまり、全存在を性急に抹消してしまうと、世界に『違和感』という形の大きな歪みが生まれてしまう。この世を跋扈する〝徒〟の大多数は、自分たちの作り出した歪みが及ぼすだろう災厄自体には、ほとんど興味もなく、危機感も抱いていない。

それでも、討滅者・フレイムヘイズたちが、この歪みを頼りに自分たちを追ってくるとなれば、話は別だった。無計画に喰い散らかしていると、生じた歪みは大きく広がる波紋となって、

フレイムヘイズたちの感知するところとなる。

その危険性を抑える工夫こそが、トーチだった。

故人の残り滓から作られた、この紛い物は、ゆっくりと時間をかけて消滅する。故人が本来持っていた存在感や居場所を、残された〝存在の力〟の消耗とともに失ってゆく。

なんとなく気に留められなくなり、居たことを忘れられがちになり、やがて……とあるなんとなくを超えたとき、人々の意識から零れ落ちる。他者の記憶の中から、全ての記録の中から、いなくなる。同時にトーチ自身も、ひっそりと、気付かれぬまま、消えている。

元となった人間がかつて持っていた存在＝世界との繋がり＝『絆』が次第に痩せ細り、いつしか糸の風に解けるように途切れる。これが、トーチによる存在消滅の姿なのだった。

(でも)

少女が存在を割り込ませたその一つ……『喰われて死んだ大上準子のトーチ』は、まだ〝存在の力〟をさほど消耗していなかった。意志総体も常人並みに維持していたのが、その証拠である。おかげで少女は、割り込んだことによって得られる『大上準子の持つ絆』をも、かなり鮮明な感覚として得ている。

もしこれが、周囲に存在を忘れられかけている程に消耗したトーチだったら、人や物に繋がる『絆』が掠れたり途切れたりで、甚だ面倒なことになる――偽装するために必要な情報や周囲との関係を、改めて作り直さねばならない――ところだった。

潜伏した〝徒〟を捜索する上で、当地に根を張る『絆』から得られる情報は、極めて重要である。大上家の位置特定、鍵の隠し場所、目の前に立つ女性の正体判別など、日常生活における大概の状況は、この『絆』によって把握できた。逆に、『絆』で結ばれた他者も、同様の強さで自分を大上準子として捉えるはず――

(――なのに、どうして)

大上準子の母は、自分に対して戸惑いを見せたのか。

その疑念を質すように、少女は自分から口を開く。

「……ただいま」

言われた大上準子の母は、明らかにほっとした。

「おかえり」

あっさり答えて、ようやく娘の抱えた大上準子の遺品(存在の割り込みは、故人の繋がりを肩代わりすることになるため、トーチは肉体のみを消滅させる)に気付く。

「なに、その格好?」

「うん、ちょっと」

説明する意欲を欠片も見せず、少女は短く返した。

仮の母は、訝しげというだけでなく、どこか心配そうな顔色も見せる。

(やっぱり着替えて帰ってきた方が良かったかな)

少女は僅かに後悔した。
日本における学業修得施設『学校』は概ね、制服着用を義務付けている。そこから帰ってきたように見せかけるのなら、やはり制服を着用しておくべきだったろう。着替える場所を見つけるのが面倒だったのと、『絆』から家が近いことを感じて、その手間を省いたのだが。
とまで思って、しかしすぐに割り切る。
(まあ、どうでもいい)
瑣末なことを慮るより、自分が得た『絆』の鮮明さ、存在を割り込ませた大上準子のトーチに〝存在の力〟が相当な量残されていた事実への検証の方が先だった。
この事実こそ、『本物の大上準子』を喰らった〝紅世の徒〟が付近にいるという、危険の証明に他ならないからである。
(たしかに、気配が僅かに感じられるし)
フレイムヘイズと〝徒〟は、互いの存在を、薄ぼんやりと感じ取ることができる。
通常のケース、その順序は、
まず、〝徒〟の潜む地にフレイムヘイズがやってくる、
次に、気配の察知によって〝徒〟側の襲撃や逃走というアクションが起きる、
そして、フレイムヘイズ側も応戦や追跡というリアクションで応える、
というものである。

今のように、フレイムヘイズの到来、および捜索という危機的状況を迎えてなお、〝徒〟がアクションを起こさないまま潜伏するケースも、ないではない。

(でも、それにしては、変……)

不審を抱きつつ、少女は固い鍵をガリガリと回して開ける。

「……」

「……」

そうしてまた一瞬、二人ともが、お互いの行動を待った。

この妙な間を、母が破る。引き戸をガラリと開けて中に入った。

「それじゃ、晩御飯の支度しようか」

「……?」

なんらかの答えを求められているらしい、それだけは感じられたが、少女には持ち合わせがない。

彼女がトーチへの割り込みによって行えるのは、生前に持っていた存在の繋がり……『絆』の把握程度である。周囲の人間との間柄や物との関わりを漠然と感じる以上の情報、個々の関係者と共有していた事項を交えた会話までは対処の範囲外だった。

フレイムヘイズの中には、トーチの記憶をかなり詳細に吸い出せる者がいる、とアラストールから聞かされたこともあったが、あいにくと彼女はそういう細かい自在法――〝存在の力〟

を繰ることで事象を思うがままに起こす技術、あるいは能力――が不得手だった。

(別に、構わない)

どうせ〝徒〟を発見するまでの数日という、ごく短い滞在なのである。そのために必要な情報を聞き出す以上の関わりは必要ない。

結局答えなかった少女を、チラリと返り見た母は、

「……ふう」

傍らの靴箱に外した軍手を置く、その仕草に隠して、僅かに溜息を吐いた。草履を脱いで、奥に入っていく傍ら、家の明かりを点けてゆく。

少女は、仮の母からの解放に安堵の息を吐いた。と、その緩みを引き締めるように鋭く息を吸い直し、

(よし)

さっそく自分の果たすべき使命へと気持ちを集中させる。大上準子が生前、家に抱いていたイメージ……『絆』を捉える。

秘密、拒絶、眠たさ、うざったさなどの漂う自室――

解放、嫌悪、苦痛、切迫した危機感などを混ぜたトイレ――

くつろぎ、清々しさ、清潔さ、温かさなどで満たされた風呂場――

面倒くささと面白さ、空腹と満腹、冷たさと熱さなどが鬩ぎ合う台所――

それらの中から、家族、テレビ、喜怒哀楽の弾みなどで満ちた場所を選び出す。黒光りする板敷き廊下のすぐ脇にある、広い和室……いわゆる居間に踏み込んだ。『絆』を辿って、すぐ横の壁にある電気のスイッチに手を伸ばす。

白い瞬きを経て、部屋に明かりが点った。中央に鎮座する丸い卓袱台や、食器類の置かれた古い茶箪笥など、年季の入った家具類が照らし出される。床は、日に焼けた古畳を畳カーペットで覆ってあった。

それらを見た少女は、家人の物持ちのよさや工夫ではなく、

（やっぱり、家族の談話室か）

と自分の感覚に狂いがないことだけを確認し、満足する。部屋を見回して、

（あった）

これだけは新しいテレビとビデオの脇、編み篭の中に、目当ての物がまとめて入っているのを見つけた。

新聞である。

この、時系列を整理するのに便利な情報媒体の使い方を、少女はとある人物から詳しく教わっていた。久々にそれを試すべく、彼女はケーキの箱を卓袱台の上に、他の荷物を篭の脇に置くと、乱暴に突っ込まれたそれらを取り出して、日付に目をやる。

（昨日、水曜日の新聞……）

程なく、目当ての事件が載っているだろう一部を見つけた。さらに探る。

（念のため、もう二日ほど遡った分と……あれ、今日の分がない？）

思う少女の傍ら、洗面所と続きだったらしい台所から、

「準子、なに新聞なんか見てるの？」

母が不審気な顔で居間に入ってきた。

「なんでも」

少女はとぼけつつ、必要なことは直裁に質問する。

「今日の新聞はどこ？」

「……卓袱台の下。父さんがいつも入れてるでしょ」

「そう」

他の、薄い絆の中に紛れていた今日の新聞（大上準子は生前、新聞をあまり利用していなかったらしい）を卓袱台の下から取り、選り分けた数日分と荷物をまとめて持った。訝しむ母を置き捨てて、ギシギシ唸る階段の上、大上準子の自室へと駆け上がる。

背後、

「準子、ケーキ忘れてるわよ!?」

という母の声に、

「あげる！」

少女は投げやりに答えた。

襖を閉めると、少女は荷物を床の上に一旦置いた。

大上準子の部屋は、黒ずんだ柱にあまり似合わない、真新しい壁紙の貼ってある和室である。ベッドはなく、畳の上に敷いたカーペット、机と椅子にクローゼットが二揃い。部屋の隅には色とりどりのクッションが山積みになっていた。

しかし少女は、それら生活の部位には全く目を向けない。自分が持ってきた荷物から新聞を取って、月、火、水、木、と今日までの分を順に並べてゆく。

「……」

その中から、まず最初に見つけた、事件当日……水曜日の新聞を取り上げ、広げた。捜査に必要のない、また興味もない政治や経済、スポーツや地方欄は飛ばして、教わったとおりに時事、事件の載った面を見つけて目を通す。その中に、

「あった」

「うむ」

アラストールが、胸元のペンダントから答える。

二人が目を落とす記事は、事件欄の大阪広告の上にある、数行だけのもの。

『不明米人、十年振り発見』

と僅かに太い文字で見出しがついている。

その内容は――十年前、ニューヨークで行方不明になったアメリカ人男性が、今彼女らのいる町で発見された――当人には行方を晦ましていた間の記憶もない――服装は不明になった当時のものを着ていた――という、奇怪極まるものだった。

保護された男性は現在、警察署に保護され、送還の時期などを大使館と協議している云々、短い記事を読み終わると、次に事件前日の火曜日、次に前々日の月曜日へと遡り、最後に今日、木曜日の新聞に目を通す。

結果、いずれにも、その行方不明、および発見に関する記事はなし。

事件の前日、前々日に載っていないのは当然として、今日の新聞がその続報や関連記事さえ載せていないというのは、事件の奇怪さからすれば妙……以上に不自然とさえいえた。

「ふん」

少女は一人頷き、自分がこの町にやってくるきっかけとなった、昨日のことを思い出す。

(結果的には、ここに来て当たりだったけど)

とある警察署の前に通りかかった際、彼女は偶然、一つのトーチを見かけたのだった。

大勢の報道陣に囲まれ、また呆然とした面持ちで係官に手を引かれて歩く、そのトーチとは……言うまでもない、『十年ぶりに現れたアメリカ人男性』である。

人間社会における騒動の中心に、本来その存在を注目されるはずのないトーチがある。

少女は、そのおかしさ以上に、フレイムヘイズとしての勘から、この件に興味と関心を持った。ほどなく男の身の上が報道されることで、勘は確信に変わった。

十年という、人間にとって決して短くはない歳月、その間の出来事を、男はなにも覚えていないという。もちろん、本人の証言が虚偽であったり、失踪事件に〝紅世の徒〟が無関係であったりする可能性も、決して低くはない。別の犯罪に巻き込まれた人間を、たまたま通りかかった〝徒〟が喰らっただけかもしれない。

(でも、男がトーチになっていたのは事実)

そして、その事実は〝徒〟が関わらないと、絶対に起こり得ない。

(どこかに〝徒〟は、いる)

少女が、男の発見されたこの町にやってきたのは、今早朝である。

彼女は最初、この田舎町で〝紅世の徒〟が起こしただろう事件の痕跡を、詳しく調査するつもりだった。〝徒〟は通常、討滅の追手たるフレイムヘイズとの交戦を避けるため、人を喰らった土地からすぐに出て行く(トーチは喰らった痕跡の感知を遅らせるための道具である)。

ゆえに今回も、大多数の例に倣って、残された事象から逃げた方向なりを割り出すことになるだろう……少女は、そう思っていた。

ところが、いざ町にやってきてみると、そこにはまだ〝徒〟の気配が漂っていた。普通は在り得ない事態である。戸惑いながらも始めた調査の中、少女とアラストールは、奇妙な点を三つ、見出した。

一つ目は、先述のように、トーチを作った場所に〝徒〟が留まり続けていること、

二つ目は、〝徒〟の存在の規模、強さを示す気配が非常に小さい、ということ、

三つ目は、この町に残されたトーチが極端に少ない、ということである。

フレイムヘイズの気配に気付かない〝徒〟はまずいない。感じてなお、留まり続けるというのなら、容易に討滅されない実力や自信を持っているはずで、そのような存在であるためには、必然的に多くの人間の〝存在の力〟を喰らっていなければならない。

しかし、実際に感じた気配は薄く、人が喰われた痕跡もほぼ見られなかった。

朝から夕方まで半日を費やして、この町の付近で発見できたトーチはようやく一人、この大上準子のみである。人間が多く喰われた痕跡たる世界の歪みも、全く感じられなかった。

とすると、先のアメリカ人男性と合わせて、犠牲者は僅かに二人、ということになる。フレイムヘイズが来たと分かってなお留まり続けるだけの実力の持ち主が喰う量にしては、いくらなんでも少なすぎた。

(なにか、ここに留まる特別な理由があるんだ)

少女が、大上準子の存在に割り込み、現地人として情報を収集しようと決めたのは、これ

らの事情があったためである。

外部からの来訪者として、喰われた人間の周囲に状況を聞いて回ると、どうしても余計な警戒をされてしまう。そうでなくとも、フレイムヘイズには常識知らず、あるいは常識を無視する輩が多いので、調査に伴うトラブルは日常茶飯事である。その処置にいちいち手間を取られていては、使命の遂行もままならない（と、この手法を教わった人物から聞かされた）。

対して、そこに居場所を持っていた人間、つまりトーチの存在に割り込む方法を取ると、多少変わった言動があっても、まず警戒はされない。捜査の拠点たるベースキャンプも自動的に手に入る。逗留地を出る際に割り込んだトーチを消すことで、家族や知友等、関わった周囲全ての痕跡や記憶を、起きた騒動もろとも抹消できる等、メリットも多い。フレイムヘイズが編み出した、これは比較的穏当な手法と言えた。

少女もそれは十分理解しているし、実際今もそうしている。

が、それでも、

（人間と交わるの、面倒だな）

と思っていた。

彼女は他のフレイムヘイズのように、人間との関わりに安らぎや価値を認めていない。使命感が強い、というより、それのみに特化したメンタリティを持っていた。

通常、フレイムヘイズというのは復讐者である。

を抱いている。

〃紅世の王〃らが、〃徒〃によって愛する者、親しい者を喰われた人間……戦う理由のある者を器として選んでいるのだから当然だった。討ち手らは一様に〃徒〃への激しい敵意と憎しみを抱いている。

しかし、それは逆に言えば、通常のフレイムヘイズにとって、使命は復讐以上のものではない、あくまでベースとなっているのは普通の、どこにでもいる人間ということでもあった。

人間とは、あらゆる事象に慣れる生き物である。敵意や憎しみを、ただそれだけで長く維持していくことは困難だった。当初は抱いていた激しい感情が、時とともに減衰するのは、宿命とさえ言えた。しかも、フレイムヘイズは不老である。過ごす年月の長さに、普通の人間が、そうそう耐えられるはずもなかった。

戦意を喪失し、契約の破棄による消滅を迎える者もいた。果て無き戦いに倦み疲れ、半ば自殺のように討たれる者もいた。活動期間に極端な長短の差こそあれ、フレイムヘイズという存在は、常にこれらドロップアウトの危険性を孕んでいるものなのだった。

仮にそうならずとも、運良く復讐を果たした者は抜け殻となり、最も多くは戦いに敗れて死んでいく。いずれにせよ彼らの歩む道は、甲斐なき死屍累々の修羅道なのだった。

これを踏み越え、燃え盛る感情の熱さを維持し続ける超人、感情の域を脱却して純粋な使命感を抱ける聖人など、百人に一人もいなかった。〃紅世の徒〃が、彼らを『討滅の道具』と揶揄するのも、故ないことではなかったのである。

一人の人間ゆえに抱く怒りと憎しみを力とし、
この世を自儘に荒らし回る〝徒〟を追って討ち、
戦いの中に斃れるまで心身を消耗し続ける復讐者。

フレイムヘイズという存在は、そういうものだった。

ところが少女は、この範疇に入らない、数少ない例外だった。

彼女は常のフレイムヘイズ……人としてのなにかを〝徒〟に奪われた復讐者ではなかった。

赤ん坊の頃から、使命遂行のみに全てを捧げる『完全なるフレイムヘイズ』として、閉鎖された環境で英才教育を受けてきた、特別な人間だった。

使命のみによって形作られ、ゆえに疑問もなければ倦み疲れることもない。

息をするように〝徒〟を追い、歩くように〝徒〟と戦う。

名さえ持たない、それが『フレイムヘイズの少女』なのだった。

反面、まさにそうであるがために、彼女はかつて人間だったフレイムヘイズたちと違って、人との関わりに興味がない。むしろ人から遠ざかろうとしてさえいた。

育った閉鎖環境の内で彼女と接し得たのは三人の師のみ。しかも、並の人間としての様態を持っていたのは一人きり。とどめに、その一人がとんでもなく無愛想で、使命遂行に必要な事項以外、なにも教えなかったのだから、まともな対人折衝能力など醸成されようはずもない。

フレイムヘイズとしての英才教育の成果は、非常に高度なレベルで結実していたが、世間慣れしていない分、彼女は捜査を直截な聞き込みと力のみでごり押しする傾向にあった。これまで特別困った状況に突き当たることもなかったため、本人には改善するつもりもない。かつて、この存在を割り込ませる等の便利な自在法を教えてくれた人物に向かって、

（――「フレイムヘイズは〝徒〟を追って世を流離う宿命にある。一つ所に長く逗留することは在り得ないんだから、必要以上の接触なんかに意味はない」――）

と、自分の信条を告げたこともある。告げられた相手は悲しそうな顔で黙ってしまったが、少女の方はその意味を深く受け止めなかった。

今も、当座の立場に居心地の悪さしか感じていない。

（早く〝徒〟を捕捉して出て行こう）

そう思うことは、彼女にとって当たり前のことだった。使命の他には、疑問も展望も存在しない。未だ悩みに突き当たったことのない生き様は、危ういほどに真っ直ぐだった。

「記事、やっぱりこの一つだけみたい」

少女は新聞を畳みつつ、胸元のペンダントに言う。

「うむ」

この奇妙極まる事件がここまで小さな扱いになっているのは、発見されたトーチの〝存在の力〟が、かなり消耗しているためである。程なく当人の消滅とともに、記事も新聞から失せ、人々も忘れ去ってしまうことだろう。

対して、彼女が存在を割り込ませたもう一人のトーチ・大上準子には、まだ常人並みの意志総体を保てるほどに〝存在の力〟が残されていた。

これら二つのトーチの差異がなにを意味するのか――

「――？」

ふと、少女は何者かの近付く気配を感じて、閉じられた襖の向こうに目を向けた。

〝徒〟ではない。

人間の、仮の母のものである。

階段をこっそりと昇ってくる。

「……」

しかし、どういうわけか、母は途中で立ち止まった。数秒、階段の中ほどに戸惑い、あるいは躊躇の気配とともに佇んで、また降りていく。

少女は、この人間との関わりに再びウンザリし、

（勘繰られるほどに、挙動が不審だったかな？）

と自分の行動を省みた。が、すぐに、無意味なこと、と考えるのを止める。彼女は、見破られる類の変装をしているのではない。自分が何をしようと、それは『大上準子の不審な行動』なのである。怪しまれることはあり得ない。

ただ、少しだけ気になることがあった。

（なんだろう……さっき）

大上準子の母は、手になにかを持っていたのである。

このトーチと、強く大きな『絆』で繋がっている、なにかを。

その『絆』は、嬉しさのようであり、喜びのようであり、また驚き、あるいは悲しみ、さらには怒りのようでもある……あまりに複雑な感情の色合いを帯びていた。

が、少女は、

（まあ、別にどうでもいい）

と、また考えを打ち切った。自分の使命と関係ないだろう事柄に興味はない。興味があるのは、この大上準子の喰われた場所と日時である。

「明日から、このトーチの行動範囲を回ってみるつもりだけど……学校での聞き込みもやってみる？」

この町を捜査して回った際、一つだけしかない高校の位置は確認してある。大上準子の着ていた制服が、同校のものであることも。

アラストールにも異存はない。

「うむ、家とともに、繋がりの深い場所であろうからな。同僚——」

と彼はクラスメイトのことを、そう言い表す。

「——からも一通り、このトーチの周囲に不審な現象、あるいは行動があったかどうか、問い質すべきだろう」

「分かった」

頷いて、少女は自分が持ち帰った大上準子の遺品の一つ、着衣に手を伸ばす。紺色の、柔らかなデザインラインの上下だが、広げて体に合わせると、

「……」

かなりサイズが大きい。元の持ち主は特別太っていたわけでも大柄なわけでもない……つまり少女が小柄なのだった。

「今夜、学校に行って、着衣のありそうな場所から取ってこようか」

「よかろう」

二人は超法規的な会話を、至極当然のように交わす。

「あとは……」

少女は時間的な遊びを好まない。さっそく鞄を開けて、大上準子の持ち物の中に〝徒〟との接触の手がかりがないか、チェックを始めた。


数時間後。夕飯にかこつけた、仮の家族からの情報収集を行うため居間に降りた少女は、そこに一人の男の姿を発見した。

少々白髪が多いという他には、これといって特徴のない、ごく普通の中年男性である。母のときと同様、強い『絆』の感覚から、父であることが察せられた（なぜか微妙な距離感や軽度の忌避感があった）。

少女はそういう近しい感覚を、仮のものであっても息苦しく感じる。使命という以前に、自分というものに立ち入らせることを、そもそも好まない性格だった。

父の方は、なんということもなく声をかけてくる。

「ただいま」

「……おかえり」

ややの間を置いて短く答え、少女は卓袱台に並べられた食器の前に座る。

「そこ、母さんのだろ。いいのか、テレビ見なくて」

「あ、うん」

立ち上がり、もう一つの食器の前、テレビの正面に当たる場所に座りなおす。

仮の父はその姿をじっと見て、

「どうかしたのか」

短く尋ねた。瞳に心配の色も濃いが、言葉は多く費やさない。普段からそうなのか、詳しく訊くことを躊躇っているのかは分からなかった。

が、少女としてはどっちでもいい。簡単に首を振る。

「別に」

多少の違和感や不自然さは、大抵この一言で片がつく。

果たして父も、

「そうか」

の一言で黙った。テレビのリモコンを取って、チャンネルを順番に変えていく。まるで、間を持たせるように、何度も同じチャンネルを行ったり来たりする。

いろいろ面倒になってきた少女は、なんの工夫もない単刀直入さで尋ねた。

「最近、私、なにか変わったことはなかった？」

「!?」

あまりに奇妙な質問ではあったが、だとしても大袈裟に、父はギョッとした。むしろ質問した少女の方が驚くほどの動揺が顔に表れる。

（やっぱり、不審な出来事があったのかな）

少女は見当を付けて、もう一度尋ねようとするが、父はテレビのリモコンを適当に弄る手元だけを見て、目線を合わせようとしない。

「……？」

「あ、ああ、ニュースの時間だな」

明らかな誤魔化しとして父は言い、チャンネルを変えた。

さらに食い下がって訊き出すべきかどうか、考える少女の前、テレビ画面で番宣が終わり、ちょうど午後七時のニュースが始まった。一旦父を見るが、やはり首を固定したかのように、こっちを見ようとしない。

「……」

なんだか馬鹿らしくなった少女は、とりあえず追及を取り止めた。あのアメリカ人男性発見についての続報、あるいは関連した報道があるか確かめようと、テレビに目線をやる。父の安堵が感じられたが、今は無視した。

テレビは、これまでにも歩きながら街頭のものを見たり、立ち寄った場所で眺めたりしたことはあったが、このように落ち着いた状態で見ることは滅多になかった。なんとなく新鮮な気持ちで、番組冒頭の主要ニュースのピックアップを注視する。が、

（ない、か）

あの事件は、やはり冒頭では採り上げられなかった。大きな事件として扱われていないか、全く無視されるか……いずれにせよ、男性のトーチの消耗振りから予想はしていたので、特に落胆も驚きもない。画面を見るでもなく見ながら、方針を再確認する。

（あっちがほとんど消滅寸前である以上、大上準子の線から当たるしかないな）

思う少女の後ろ、台所から顔を覗かせた母が、少し抑え目の声をかけた。

「準子、女の子が待ってるだけってのはないでしょ」

「？」

少女は、一体なにを言われているのか分からない。キョトンとした顔で見返す。

「……ま、いいわ」

母はまた、少女にとって意味不明な溜息を吐いて、顔を引っ込めた。

少女は首を僅かに傾げ、テレビに視線を戻そうとする。

と、今度は父が彼女を見詰めていた。

その表情には、覚悟にも似た真剣な色がある。

「……？」

沈黙の数秒を経て、

「母さん、悪気はなかったんだ。許してやれ」

「え？」

父まで、訳の分からないことを言う。

さっぱり心当たりのない少女はしばらく不審のまま考えて、ふと、自分以外のことでは、と勘付いた。

（もしかすると、自分が存在を割り込ませる前の、大上準子がなにかしたのかも）

弾みがついた連想から、

（そういえば、大上準子の母は、帰ってきたときから様子がおかしかった）

とも思い当たるが、

（なら、私には関係ないし、対処もできない）

またすぐ、深入りするのを避ける。

（どうせすぐ出て行く場所の同居人だし、どう思われようと問題ない）

他人への演技を面倒に思う少女と、娘に声をかけるべきかどうか迷う父、お互いに手詰まり感が漂い、会話が途絶えた。

居間にはニュースを読み上げるアナウンサーの平淡な声だけが残される。

そんな、ややの間を置いて、

「……あー」

父が重たげに口を開いた。

「父さんとしても、濱口君の第一印象が悪……うん、少し悪かったのは、たしかに認める」

「？」

またまた訳が分からない。

「だがな、母さんが嫌がらせをしたというのは誤解だ」

「⁇」

父はもどかしげに、少し早口になって言う。

「だから、そうツンケンして遠回しな仕返しをするのは止めてやれ。母さん、あれでかなりシ

ヨゲてるんだぞ」

「誰がショゲてるんですか？」

母が、鍋を持って居間に入ってきた。

驚いた父は、慌ててはぐらかすように卓袱台の下を見たが、

「あれ、新聞――」

「……」

少女は、ふと状況の意味することに気が付いた。テレビ脇の編み篭から新聞を一部取り、四つ折りのまま、テーブルの中央に置く。

（鍋敷き、だっけ）

かつて自分の養育係が熱された鍋を持ってきた際（中身は決まって湯豆腐だった）、羊皮紙張りの本を咄嗟に置いて怒られたことを思い出す。思い出して、ふと微笑みが漏れた。

その行為と微笑みで、急に場の空気が融ける。

「ありがと、準子」

母はあからさまな喜びの表情で鍋をその上に置いた。

父はわざとらしく明るい歓声を上げる。

「おお、豪勢だな。何鍋だ？」

「分からないのに豪勢ってなんです？」

「ああ、そりゃそうか」

夫婦して笑う。

少女は、それら安堵のような笑顔に釣られたのか――それとも微笑みの残滓が呼び水になったのか――そうすることによる使命へのメリットを見出せないまま――しかし、どこかに満足感を感じて、行為に声を付け加えていた。

「今日は――」

仮の両親の僅かな緊張が、はっきりと感じられる。

そんな二人に、言う。

「――別に怒ったりしてない。機嫌は良かった」

ぶっきら棒に、無愛想に、少し目線を反らして、呟くように。

嘘ではない。自分が存在を割り込ませた大上準子の感情には、恨みつらみ、怒りや憎しみの色などはなかった。どころか、その気色はむしろ明るいものだった。なのに、なぜそこまで二人が気にするのか、少女には分からなかった。

今となってはどうでもいいことではあるが。

思う前で、すっかり機嫌を直した仮の両親が、鍋を突付き始めていた。母はニコニコと茶碗にご飯をよそい、父は頼んでもいないのに彼女の取り皿に肉を入れている。

それらの様子に少女は安堵し、

「それで、もう一度訊くけど、」

再び自分の使命を果たすべく尋ねる。

「最近、私が呆然と立ち尽くしてたり、私が居ることをうっかり忘れてたりするようなことはなかった？　どこか変わった場所とか、遠くに出かけたりしたことは？」

少女はあくまで、実直なフレイムヘイズなのだった。

２　濱口幸雄

フレイムへイズの少女は真新しいセーラー服を纏って、高校へと向かう。

自分が存在を割り込ませ偽装した、大上準子として。

今着ている制服は、夜半に学校の一室へと忍び込んで得たものである。壊した鍵の分も代金を置いてきたから問題ない、と法律とは全く異なる次元で、勝手に納得していた。

朝の通学路、緩い坂道を、沈思黙考しながら下ってゆく。

（結局、両親からは有用な情報を得られなかったし……学校で聞き込みするしかないか）

少女は昨晩の聴取で、両親、特に母親の奇妙な態度の訳を、ようやく知った。

大上準子はこの近日中、少なくとも両親の知る限りでは、旅行などしていないという。

大上準子は、濱口幸雄というクラスメートの少年と、非常に仲が良いらしい。

大上準子と濱口幸雄は三日前の火曜日、公園にいたところを両親に目撃されたという。

大上準子と濱口幸雄はその際、両親にとって不愉快な行為をしていたらしい。

大上準子は一昨日、濱口幸雄に贈られた物品を、母に誤って壊されてしまったという。

大上準子は大いに怒り、また悲しみ、一昨日の晩は両親と大喧嘩したらしい。

要するに両親は、少女の態度を、前日の大喧嘩の続きと勘違いしていたのだった。

(濱口幸雄、か……)

その少年が大上準子となにをして両親を不機嫌にさせたのかは知らない。別に知りたいとも思わないが(大声での人格攻撃や教育方針の不備など、悪口でも言っていたのだろう、と少女は推測する)、その存在自体は極めて重要である。

詳しく聞けば、この二人は日頃からよく行動を共にしていたという。濱口幸雄なる少年が、両親からは得られなかった大上準子の行動範囲について、引いては彼女が喰われた前後の経緯について、なんらかの情報を持っている可能性は非常に高かった。彼から事情を聴取し、〝徒〟の狙いについての手がかり、せめて糸口でも見出す。それが当面の方針だった。

学校という、大上準子が日常の大半を過ごしていた場所での情報収集を行うべく、フレイムヘイズの少女は朝の通学路を恬淡と歩いてゆく。


なにを感じるでもない、それは単なる使命の一環だった。

学校に辿り着いた少女は、その騒がしさに心中で閉口していた。

（なにをそんなに、話すことがあるんだろう）

類する施設に幾度か入り込んだことはあったが、それらの機会は全て夜半の潜入、あるいは昼間であっても己が姿を見せない隠密行動だった。年代も近い少年少女たちのみで構成される喧騒の真っ只中へ、トーチに成り代わって飛び込んだのは、今日が初めてだった。

周囲を流れ過ぎる、見かけ上では少々年齢の高い少年少女たちは、とにかく五月蝿い。意味不明な単語を並べ立て、理解不能な態度を見せ付ける。誰もが、ほとんど目の色を変えるほどムキになって悲喜こもごもの声を発していた。

まるで限られた時を必死に消費しているかのような、これら異常な熱意と焦りの中、

（ええ、と）

少女はようやく雑踏を潜り抜け、感じられる『絆』で自分の靴箱を見つけると、周囲の真似をしてスリッパのような上履きを引っ掛ける。

ほとんど〝存在の力〟を消耗していなかった大上準子のトーチは、かなり明確な『絆』で少女を導いていた。靴箱だけでなく、学校において彼女と繋がりの深い場所……つまり彼女が学業を習得していた教室の位置も、容易く察知することができた。

（二年三組、出席番号二番、大上準子、と）

頭の中、生徒手帳に書かれていた情報と照らし合わせてから、少女は初めての教室に入ろうとして、

「おーっす、大上！」

「お先！」

　バタバタと、脇から割り込んで駆け込む少年たちを避ける。そうしてから、ようやく教室に足を踏み入れた。

　初めて当事者としての視点で眺めるそこは、教科書を広げる者、ノートを二冊並べてなにかを写している者、黒板に落書きしている者、窓から外を指差して笑う者、走り回って、もたれ合って、固まって……ほとんど息苦しいまでのエネルギーに満ち溢れた空間だった。

　どちらかといえば静寂を好む少女は、それら全ての様に眩暈さえ覚える。

　そんな彼女に、

「おはよー、準子」

「お、来たね」

「ラブラブ女の登場～」

　と、大上準子の机の脇で固まっていた三人ほどの女子生徒らが、声をかけてきた。机同様、彼女らにも強い『絆』を感じる。おそらく親しい同僚＝友人というものなのだろう、と当たりをつける。

　その友人らは少女をじっと見つめ、急に緩んだ笑顔を見せた。胡散臭いとも、意地の悪そうとも、親しげとも違う、不気味で不審な、しかし悪気や害意の全くない、奇妙な笑顔である。

どうも、大上準子のトーチに残された〝存在の力〟が大きかったためか、少女は本来の『フレイムヘイズ』としてではなく、『友人・大上準子』として捉えられる向きが強いようだった。本気で凄んで見せたり、気迫を顕にしたりするのならばともかく、今の状態では親しい友人として扱われてしまう。無論、事情聴取を行うのだから、相手を無闇に怯えさせるよりは、その方がやりやすくはある。

（まあ、しょうがない）

入って早々、諦観を抱く少女は、

（これも使命遂行のため）

と自分に言い聞かせ、大上準子の席に着いた。

（どうやって話を切り出——!?）

考える間に、友人らの方から凄い勢いで群がってきた。

「昨日は逃げられちゃったけど、今日こそは聞かせてもらうわよ」

「で、結局どうだったんだよ？」

「そうそう、隠れてコッソリなんて許せません」

取り囲まれただけでなく、そうそう入られることのない間合いに顔を近付けられたことに、少女はびっくりする。殺意が全くないと油断して、一気に距離を詰められてしまった。

「え、なに……」

つい声も詰まってしまう。

友人らは、そんな少女の戸惑いを韜晦と誤解したらしい。先の奇妙な笑いをさらに深くして詰め寄る。

「もう、とぼけちゃって、この」

「さあ、吐くのよ」

「さすが、余裕がありますねー」

その異様な迫力に、少女は思わず背筋を反らして、僅かに距離を取る。本当はこっちが訊かねばならないというのに、そうさせる隙が相手の側に全くない。

「だから、なんのこと……？」

「そりゃ当然」

「濱口とのことに決まってるでしょ」

「隠し立てはずるいですよ」

（濱口……？　濱口幸雄とのこと？）

他に同名の人物がいるとは考えにくい。つまり、大上準子と仲の良かった彼とのことを尋ねられているらしかった。しかし、そうと分かりはしたものの、あいにく答えは持ち合わせていない。むしろ、それを彼女らに訊きたかったのだが。

（濱口幸雄と共同した行為、行動といえば……）

昨晩、聞き出したことくらいしか思い当たらない。

二人して公園にいたところを両親に目撃された、という件である。

なにを目撃されたのかは今のところ不明だが（両親は結局、この件に関して口を割らなかった……非常に言いにくそうにしていたため、また所在地以外は〝徒〟の件とは直接関係がないだろうと思ったため、少女も強いての追及を避けた）、人を不快がらせるような行為である。いずれろくなことではないだろう。

（でも、友人たちにも秘密だったとすると……酷いことだったのと同時に、重要なことでもあったのかもしれない）

もし両親の陰口を叩いたりしていたのだとすれば、それは確かに誉められたことではないし、友人に言えるようなことでもない。しかし、とにかく、秘密は秘密である。

（濱口幸雄との間に、何らかの秘密がある、というのは間違いないか……）

大上準子の両親、そして友人たちも、彼女について特別な情報を持っていない。トーチとなったのが最近であることからも、この近日にある秘密、隠された行動をともにしていた濱口幸雄という少年に、〝徒〟を見つけ出す手掛かりがある、と少女には思えた。

「――濱口幸雄はどこ？」

早速、その姿を求めて、キョロキョロと教室を見回す。

秘密を共有するくらいだから、それなりに強力な『絆』を持っているだろう、と推測するが、今のところ、この三人以上の繋がりは感じられない。

「まだ来てない？」

訊くや、ニターッと三人が笑う。

「おやおや、さっそく助けをお求めですか？」

「くそー、見せ付けてくれるじゃない」

「悔しいです～」

結局答えを貰えなかったので、もう一度訊き直す。

「……来てるの、来てないの？」

「念を押さなくても、これ以上はご当人の前以外じゃ訊かないって！」

「あー、もー、いいよなチクショー」

「残念ながら来てませんよー」

最後の最後で、やっと答えが来た。

（なんだか、疲れる……）

どうもこの三人とは冷静な話ができない。少女は、徒労のような遣り取りを打ち切って、強引に話を進めることにした。鞄を開けて、中から新聞を取り出す。

「これ見て」

「え、なになに？」

最初は、先刻の質問への答えと思ったのか、飛びつくように見た三人だったが、

「んー？　なんだ、新聞じゃん」

「これがどうかしましたー？」

すぐ拍子抜けした顔になった。

少女は質問攻めに遭う前にと、自分からの質問をぶつける。

「この事件、この町であったんでしょ」

指差すのは無論、例の行方不明男性発見の記事である。

「なにか気付いたり、知ってることとかない？」

怪訝な顔をした三人は、ともかく記事に目を落とす。

事件性の割に、また事件が起きた当地での出来事でありながら、しばらく思い出すための時間が空くのは、もはや男性のトーチに〝存在の力〟がほとんど残っていないためである。

「……ああ、一昨日、ニュースでやってたね」

「うん、そういや、ちょっとした騒ぎになってたかな」

「知ってるといっても、直接見たわけじゃありませんし」

それでも、一旦思い出せば次々と話は繋がる。

「あ、たしか、けっこうカッコイイんだよね、この人」

「そうそう、パリコレ関係のモデルだったんだろ？」

「失踪当時は愛人と逃避行した、って噂も出てたらしいですね」

もちろん、話が繋がったからといって、必ずしも有益な情報が引き出されるというわけでもなかった。

「どっか、失踪する前のグラビアまで載せてなかったっけ？」「あんたが持ってきたんじゃない」「かなり売れたらしいですよ」「うんうん、でも、かっこよかったって言っても、あくまで十年前の話なのよね」「まあねー、見つかったら四十男になってたんじゃ意味ないよな」「私、ああいうオジ様も、割と好きですけど」「えー」「うげー、なんだ、オッサン趣味？」「趣味とかじゃなくて、どこかを十年も放浪した末に見つかった、ってシチュエーションが、なにかかき立てられるんじゃないですか」「そうかしら？」「そうかー？」「そうですよ」

全く、よく話が続く。ほとんど内容のないことばかり、やたらと楽しげに……まるで、ただ話をすること、それ自体が至上の娯楽であるかのように。

少女は、戦いとは全く別次元の気後れを感じつつ、

「……私」

使命感の後押しを受けて、なんとか口を挟んだ。

案の定、一気に注目が集まる。

「この件に、なにか関わったり、感想を述べたりしてなかった？」

三人は、少女の意図を確かめるような間を空けてから、

「はあ？　どういうこと？」

「カンソーヲノベルって、どういう言い回しだよ」

「濱口君のことと関係がありますの？」

一秒も間を空けない三連撃に、さすがの少女も、眩暈以上の頭痛を覚えそうになる。

そんな少女に答える間を与えず、友人らはまるで畳み掛けるように続ける。

「別に準子が関係してるわけないと思うけど」

「だよな。こんなオッサンに浮気するほど飢えてるわけじゃないだろ」

「あ、噂をすれば……ふふふ」

一人が口元に手をやって、まさに『ほくそ笑む』の表現どおりに笑う。

疲労困憊の少女は、友人らの視線を重く追って、

「!?」

驚きに体を硬直させた。

かつて大上準子と呼ばれた少女、今はその内にフレイムヘイズを秘めるトーチ、

（な――）

そこから伸びる繋がりが、ほとんど一直線の道路のような明確さで感じられたのだった。

（――なに、これ）

驚き見た先に、一人の少年が立っていた。

鮮烈な衝撃の次に、少女は、

（締まりのない顔）

という第一印象を抱く。

大きく無邪気っぽい瞳と線の細さが特徴の美少年である。背は高く、日本人にしては足も長いが、全体に肉付きは薄い。

もちろん、少女はそれら外見を重視するわけでもない。ただ、今感じている繋がり、大上準子が感じていた繋がりの強力さに目を見張っていた。ふと、声が漏れる。

「……濱口幸雄？」

なぜか、そうだと分かった。

小さく名を呼ばれた少年は、口元を微笑で緩めた。

「おはよー」

その明るい空気に絆されたように、少女三人が騒ぎ出す。

「おやおや、朝からお熱い視線交わしちゃってー」

「すっかり骨抜きだねえ、濱口も」

「うらやましい～」

また、さっきのような会話が始まりそうな気配を感じた少女は、

「今日は急病につき退出する。施設の教官……教師には、そう通達しておいて」

分かりにくい説明を言い置くと、鞄を持って立った。新聞もついでに詰め込む。

「はあ？」「なっ？」「ええー？」

呆気に取られる友人らを尻目に、少女はズカズカと大股に、濱口幸雄へと歩み寄る。

「な、どしたんだい、準子」

戸惑う背の高い少年を見上げ、

「おまえが一番、大上準子の行動について熟知してるのね」

「へ？」

その返事を待たずに手を取る。

「どこいくの!?」「ちょ、おい、授業始まるぞ！」「大上さーん？」

三人を始めとする、教室にいた全員の注視を背に、強く少年を引っ張って廊下に出た。

「な、なんだ、どうしたんだよ？」

「いいから来る！」

予鈴も近い、微妙な慌しさの中、二人は引いて引かれて歩いていった。

「——はあ、はあ——な、なんでこんなこと……？」

二人は、予鈴とともに校門を閉めようとしていた教師たちの制止を無視、妨害を突破、追跡を撹乱、という三段階の無法な行為を経て、目立たない小道にあるコンビニの駐車場で一息ついていた。

もっとも、走り通しの状況にバテているのは濱口幸雄だけで、少女の方は平気の平左、息を乱すどころか、汗の一粒さえかいていない。フレイムヘイズなのだから、当然ではある。

「改まって、なに？」

「いろいろと、訊きたいことがあったの」

「……」

どう切り出そうか、一瞬だけ考えた少女は、それすら余計なことと思い直す。どうも、さっきの強力な繋がりに驚いてから、目の前の少年に一段、躊躇や遠慮に似たものを覚えているような気がした。馬鹿馬鹿しい、と心中それを斬り捨てて質問する。

「ここ数日の、私の行動を詳しく教えて」

「え？」

当然のこと、濱口幸雄は怪訝な顔になった。が、不意に得心したように神妙な顔になって訊き返してくる。

「……やっぱり、問い詰められたのか？」

（問い詰められた？）

少女は、とりあえず話を合わせるために頷いた。

「うん、まあ」

「また、ケンカとか、した?」

少年は、恐る恐るという風に、また尋ねてくる。

「え、と……」

少女はつい頷きかけて、どう答えたものか迷った。実際にはケンカなどしていないが、この場合は同意した方が、いろいろ重要な話を聞けるかもしれない。

その迷う様をどう解釈したものか、濱口幸雄は神妙さに深刻さを加えて、呟いた。

「……昨日の、お節介だった、かな?」

(お節介?)

意味の分からない会話の流れに少女が戸惑う間にも、懺悔のような声は続く。

「仲直りしな、って人の家のことを偉そうにさ……いや、別に立ち入ったこと、言うつもりじゃや、なかったんだけど……」

少年の大きな瞳に、僅かな翳りが見える。

「……でも、やっぱり俺のせいで両親と喧嘩するのは、よくないよ」

(例の、秘密の悪口の件かな)

両親から聴取したことと合わせて、少女は見当を付けるが、明確な答えは持っていない。持っていた方の少女は、もう、いなかった。

濱口幸雄は、言いにくそうに、口を開く。

「その、いろいろ聞かれたんだろ、俺たちがどういう付き合い、してたか」

どうやら濱口幸雄は、大上準子が両親から、過去の素行について問い詰められたものと思い込んでいるらしい。言わせるままにしていれば、何か貴重な……二人だけが知っていた秘密について訊き出せるかもしれなかった。

騙している引け目は、元より使命の前では些細なことに過ぎない。少女は当面黙って、濱口幸雄の話を聞く。

「そう言われても、実際のところ遊び歩いてたわけじゃないから、問い詰められても答えようがないよな……城址公園のときだって、あのときが初めてだったし、ね、はは」

言って、濱口幸雄は照れた笑いを見せた。その表情に、悪意の類は欠片も見られない。他人の陰口を叩くような人物には、とても見えなかった。

（じゃあ、なにしてたんだろ）

この明るい少年が、なぜ両親を不愉快にさせたのか、常人の人生経験に乏しい——という より全く持たない——少女には、ちっとも分からなかった。両親ら個人に関係のない、公序良俗に反するような行為だとすると、器物破損あたりだろうか……

（……ん？）

少女は、さっきの話の中で現れた地名に気を留めた。たしか、行方不明だったアメリカ人が発見されたのは——

（——城址公園？）

ほんの一瞬、

（大上準子が、濱口幸雄と一緒になにかしていたのも同じく城址公園で、三日前）

考えを過ぎらせてから、

（あのアメリカ人のトーチが発見されたのは、城址公園……その翌日）

まさか、と思う。

（まともな〝徒〟なら、こんな危険な真似はしない）

なぜ双方の〝存在の力〟の量に差があるのか？　なぜフレイムヘイズに手がかりを与える機会を増やすだけでしかない、別の日に、同じ場所で、しかも一人ずつ人間を喰らうような真似をしたのか？　もしや双方のトーチを作った時期に、よほどの差があったのか？　あの十年の空白はどこにどう関係しているのか？　そもそも、気配も微弱な〝徒〟が、なぜフレイムヘイズの到来にも拘らず、町に留まり続けているのか？

どうにも状況が特異過ぎて、思考の整理が進まない。

（特異さの意味、その手がかりは……）

少女はフレイムヘイズとしての勘に従い、訊いてみる。

「その三日前の火曜日、公園に二人でいたとき」

「えっ？」

「なにか変わったことはなかった？」

「変わったこと？　なんで？」

自分が懺悔していた中での不意な質問に、濱口幸雄は戸惑う。

「いいから、できるだけ詳細に教えて」

有無を言わせない要請に、少年は思いを巡らす。

「え、ええと、そうだな……」

学校からの寄り道にしちゃ、随分健康的じゃない、とか言って笑ってたな。

入り口でいきなり風船なんか貰ったりしてさ、結局ずっと俺が持たされて。

公園に桜がないのには、ちゃんと理由があるって、色々話してくれたよな。

柵を越えて芝生に入るのって、もう誰も気にしてないって大笑いしたっけ。

アイスを買ったらコーンの中が空っぽで、二人して文句を言い合ってたね。

売店に着いたら着いたで、さっきのアイスがボッた値段だったって一騒ぎ。

化粧直しが長いのに文句を言ったら、ちょっと不満な顔をされて焦ったよ。

堀の前に座ってたとき、写真家のオッサンにしつこく迫られて困ったんだ。

あんまり遅いから探しに行ったら、すぐ近くでボーッとしてるんだもんな。

あの時間帯に人通りが少なくなるのは、結構、狙ったり、してたんだけど。

まあ、よりにもよって、そんな所を見られるとは、思ってなかったわけで。

「覚えてるのは、こんなところかな」

「……」

少女は、これら情報の羅列の中に、重要な手掛かりを一つ、見つける。

「……ボーッとしてた？」

その問いを、少女が馬鹿にされて怒ったものと思い、濱口幸雄は焦る。

「いや、だって、自分でそう言ってただろ？　滅多にないけど貧血かも、とかさ」

「そのとき、おまえはなにをしてたの？」

単なる事情聴取も、責められているように感じる少年である。

「なにって、だから、化粧直しにしちゃ遅すぎるから探しに……あ、別に、写真撮られてて遅くなったたってわけじゃないよ？　オッサンが引き止めるのを断ったんだし――」

「引き止める……？　さっきも写真がどうとか言ってたけど、なんのこと？」

「ああ、うん」

濱口幸雄は、躊躇と照れの混じった微笑とともに告白する。

「なんだか自慢みたいだからさ、あんまり言いたくなかったんだけど」

「なに」

少女は事情よりも事実を求める。

「準子がその、化粧直しに行ったとき、いきなり変なオッサンが『写真撮らせてくれ』って、しつこく絡んできたんだ」

（……〝徒〟かな……でも）

とりあえず習慣として疑ってみるが、大した確信があるわけでもない。

写真とまで行くと、さすがに『恣に人を喰らい世の裏を跋扈する』〝紅世の徒〟の仕業としても、趣味的傾向の度が過ぎるように思えた。しかし一方で、アラストールから、

（――「絵画を生き甲斐とし、優れた弟子を遺した〝徒〟もいる」――）

という話を聞いたことを思い出しもする。そういう特異な、人間臭い趣味を持った〝徒〟が今度の敵である可能性も、ないとは言い切れない。

「もっとそのときの状況を詳しく教えて」

「えっ？　でも……」

自慢話を躊躇する濱口幸雄に、真剣な顔で求める。

「お願い」

「……？　分かった」

不審げな顔をしながらも、彼はそのときの光景を思い出しては言葉にしていく。

「顔をサングラスとマフラーで隠してたり、アブなそうな奴だったな。本当は構うの嫌だったんだけど、写真家って自称するだけあって、すごく高そうなカメラ持っててさ。なんだっけ、

あの白い傘みたいなのとか、光反射させる板とかまで助手に持たせて、思いっきりプロっぽかったんだ。それで、つい」

少女はようやく、興味以上の疑いを、その写真家に対して抱く。

（顔を隠してた？）

「準子が、ほら……長かっただろ？　退屈だったし、周りに人も多くて変な真似されそうになかったから、モデル気分でいろんなポーズとかして、撮ってもらったんだ。正直、いい気分だったかも」

（でも、写真と大上準子が喰われたことに、どんな関係が？）

「まあ、その、言わなかったのは謝るけどさ。でも、準子の方こそ、人を待たせすぎ……いや、おなか壊してたのかも、って思ったから、ずっと待ってたんだし」

（あのアメリカ人が、翌日に喰われたことにも）

「だからあのとき、すぐ横にいるのに気が付かずに通り過ぎかけたのは、そういうことの嫌味じゃなくって」

（第一、なぜ、この濱口幸雄が喰われていない？）

「道端にボーッと立ってたから、走ってたこっちの目に、たまたま入らなかったってだけのことで。今だから言うけど、かなり探し回って疲れてたから」

（とにかく、大上準子がそのときに喰われた可能性は、高い）

その場にいた写真家とやらも、とりあえず探してみるべきだろう、と少女は思う。

「……それでさ」

濱口幸雄は、複雑な思考を巡らせる少女の内心には全く気付かず、話を続ける。

「あんときは最後に、お父さんお母さんに見つかってウヤムヤになっただろ……だからってわけじゃないけど、どう、もう一回？　その二人も納得する、清く正しい男女交際でさ」

「うん、今すぐ行こう」

手掛かりへと一直線に向かおうとする少女の快諾に、少年も笑って、

「よし、決まり——って今!?」

答えかけ、仰天した。

「だめ？」

少女は首を傾げる。

無自覚なその可愛らしさに、濱口幸雄はつい同意しそうになった。

「あ、いや、だめとかじゃ、なくて……」

それでも、とある一つの理由から、何とか言い抜けようと試みる。

「……でもほら、今日は平日で補導員もウロウロしてるし、持ち合わせもないから、ろくな所にいけないだろ？」

よく分からないが、障害は全部自分が排除する——と少女が言おうとしたとき、

「あのさ、実は」

少年が、躊躇いがちに白状した。

「明日、あの時の写真、貰える約束してるんだ。『今度、もっと美しい服を着ている姿を撮らせてくれたら、写真代はタダでいい』なんて言われて……割とオイシイ話だろ？」

（漫然と、その写真家を探すよりは、確実に接触できる日を選んだ方がいいだろうか）

と少女は思い直す。

「で、良かったら、まあ同じ場所なんだけど、城址公園に行かないか？　ちょうど明日は土曜だし。実は今日、誘おうと思ってたんだ。今度は二人で、思いっきり決めたカッコを撮ってもらって——」

「明日、そいつが来るのね？」

少女は念押しするように言う。

「えっ、ああ……つまり、オーケー、でいいの？」

「うん」

あっさり答えた少女に、濱口幸雄は無邪気な笑顔を見せた。

「やった！　前も準子と一緒に撮ろうって思ったのに、なかなか帰ってこないし、探してる内にオッサンも消えて、タイミング悪かったからさ」

「……」

その表情を見た少女は、

（どうして、こんなに喜んでいるんだろう）

と今さらながらに思った。

（公園に行くのが、そんなに嬉しいのかな）

と目的を取り違えもする。

（彼が本当に誘おうとしていた大上準子は、もういないけど）

そう、事実を平静に捉え、

（せめて、この禍害の元凶を討とう、僅かでも世を平らげよう）

常の如く、誓う。


フレイムヘイズの少女は、結局その後も学校には戻らなかった。

「はむ」

必要と思われる情報は濱口幸雄から収集済みだったし、明日合流する時間と場所も了解し合っていたので、理屈の面からは戻る理由がなかった。それ以外の面からも、あのたまらなく騒がしい環境を避けたいと思っていたので丁度いい。

割り込んだトーチに残った〝存在の力〟が多いと、『絆』の把握は容易く、使命遂行の助けにもなるが、その代わり、少女と大上準子を同一視する度合いが強くなる……つまり、あの三人の友人たちのような、非常に馴れ馴れしい態度を取られてしまう。全く全て、便利と不便は一長一短なのだった。

「ほむ」

一人で学校に戻るよう言われた濱口少年とその嘆きを後に置いて、少女はもう一度、この町全体の地勢を把握するための巡回を行った。実見する光景を、既に入手済みの地図と照らし合わせ、敵の気配の在り処を慎重に探り、明日起こり得る事態に備える。

「んむ」

「……」

そうして、下校時刻を見計らい帰宅した彼女を、仮の母が待っていた。大上準子行きつけのケーキ屋『ラ・ルゥーカス』で買ってきた苺ショートケーキを用意して。

「昨日、準子がいつも買ってくる分を、私が食べちゃったからね」

との母の弁である。

その数は、生前の大上準子が買って帰っていた量の三倍。一ピースが三ピースになっただけとも言うが、それでも少女は素直に喜んだ。

彼女は大の甘党で、ケーキは好物の一つだった（一番の好物はメロンパンで、町の巡回に際しても、何度か買い食いしている）。昨日は、早く捜査の基底と方針を確認したかった、面倒な話に付き合わされたくなかった、などの理由からケーキを母に進呈したが、実は心中、それなりに惜しんでいたのである。

そんな彼女だから、今日の三ピースによる不意討ちは効果絶大だった。幸福そのものといった緩んだ笑顔で、ケーキを頬張る。

「あむ」

「……ふふ」

母が、自分の湯飲みにお茶を注ぎながら笑った。

少女は受け答えしてもボロが出るだけ、と分かっているため、今はただ食べることのみに専念する……という言い訳で、がっつく行為を正当化している。ちなみに、その前に置かれているのは、コップに入ったグレープジュースである。

母は注いだお茶をすぐには飲まず、卓袱台に頬杖を突いて少女を見つめた。昨日までのケンカと仲直りを思って、目を細めている。その相手が入れ替わっていることを、本当の娘が二度と戻らないことを知らずに。

「大きくなったと思ったけど、やっぱりまだまだ子供なのねえ」

「……」

母の複雑な微笑みに、少女はあえて目を向けず、ただ食べる。

「そうやって、ケーキを食べ散らかしてるところなんか、ちっちゃい頃のまま」

「……そうかな」

少女は、自分でない者に向けられた言葉への疑問として、つい答えていた。ちっちゃい、という言葉に少し反発を覚えたためでもある。

仮の母は自信満々、娘に偽装したフレイムヘイズに言う。

「ええ。お兄ちゃんが家を出て、上の部屋を貰う前なんか、恐いことがあったら、すぐ襖を開けて私の布団に潜り込んできたでしょ？」

「そう、だっけ」

曖昧な答えを照れと受け取って、母はまた笑う。

「そうよ。雷とか、大雨とか、恐いテレビ見た夜だって」

「恐いと、一緒の布団に入るの？」

そんな選択肢のあることを、不思議に思う少女である。

「ええ。お兄ちゃんが出て行って寂しかったときも、そうしてたわね」

「寂しい……」

フレイムヘイズとして一人立ちしたばかりの僅かな期間、感じてはいた。温かな時と温かな人たちへの、切ない想いを。しかしそれも、アラストールが胸元のペンダントから見守ってくれている、と気付いてからは、すっかり忘れていた。

フレイムヘイズは強い。

そんな自己規定を、心身の力押しで事実と同一視している少女は、在り得ない選択肢について、もう一度尋ねる。

「寂しいときも、逃げ込むの？」

「んんー、どっちも、逃げ込むのとは、ちょっと違うかも。そう……一、緒、に、い、ようとする、かな。それだけで、なんとなく気持ちが休まるのよ。ここで、こうしてるみたいに」

「……」

「今、寂しいのは、私の方かな」

言って、母は笑う。

その、喜びではない笑顔を、つい見てしまった少女は、

「あむ、ん……」

最後の一口を食べ終わって、しかし立ち去り難いものを感じていた。

今、母が語りかけているのは、その思い出の中にいる少女ではない。

本来、語りかけられるべき少女は、とうの昔に死んでしまっている。

自分がトーチへの割り込みを解除すれば、この世から大上準子という存在は、消える。

皆が、忘れる。

最初からいなかったことになる。

仮の母も、仮の父も、濱口幸雄も、騒がしかった三人の友人も、他の大上準子に関わった全

ての人間たちの記憶から……世界そのものから、彼女は零れ落ちて、消える。

それが、〝紅世の徒〟に〝存在の力〟を喰われた人間の辿る末路。

トーチは、その零れ落ちる時を先延ばしにするだけのモノでしかない。

悔やんで、悲しんで、怒って、苦しんで、惜しんでも、覆ることのない事実。

しかし、幸いだろう、人間がこの事実を知らされることは、まずない。

今、目の前にいる仮の母は、なにも知らないままに、娘を亡くす。

否、もう亡くした、と言うべきだった。自分がこうして存在に割り込んでいる時間は、忘却を前提とした余事。大上準子は死んで還らない、そんな事実の、ほんの尻尾。

だから、なにも気にすることはない。

だから、なにを知らせることもない。

その方が、幸せなのである。どうせトーチの消滅とともに、全てを忘れるのだから。感じる悲しみは、その分ただの無駄になる。喜びには無駄があってもいい。しかし、悲しみはそうではない。寂しさも……そうだろう。

感じて、知って、全てを持ち去っていくのも、フレイムヘイズの使命の一つだった。

自分が今、それらの感情を抱いているかどうかは、よく分からない。

胸の奥を探って吟味すれば、あるいははっきりと分かるのかもしれなかったが、あいにくとそこまで深く、自分の感情について分析や解析をしようという意欲は湧かない。一個のフレイムヘイズとして、意味を見出せない。

自分の使命遂行に、それらが益するというのなら話は別だが、そんなケースには、過去一度たりと遭ったことがなかった。未来においても遭うことはないだろう。むしろ非合理的であるという、その一点のみにおいて、感情は邪魔である、とさえ思っていた。

そうでなくとも、感情の持つ抗い方の分からない揺らぎは、どこか――

（――ふん、馬鹿馬鹿しい）

ふと、『恐い』という観念を思い浮かべかけて、少女は不愉快になった。その観念こそ、フレイムヘイズにとって最も忌むべきものだった。気持ちを強く、どこまでも強く、持ち直す。

（フレイムヘイズとして、ただ在ればいい）

と、そう誓い直す少女の前、卓袱台の上に、
いつの間にか、仮の母が一包みの袱紗を置いていた。

「え？」

「はい」

フレイムヘイズの少女は、そこに強烈、複雑な『絆』を感じる。

この感覚には、覚えがあった。昨日、自分が部屋に籠って新聞を広げていたとき、母が持ってこようとしていた物……渡そうとして、しかし渡せなかった物だった。

「今、開けていい？」

少女は、目の前の一人と、自分に重なるもう一人に、断った。

「どうぞ」

一人は頷き、もう一人は答えなかった。

「……」

少女は、袱紗を開ける。

中から現れたのは、淡い桃色に光る、大小の石を混ぜたブレスレット。

それは、母がうっかり千切ってしまった、濱口幸雄からのプレゼント。

散らばった石を集めて、もう一度繋ぎ直した、大上準子の大切な宝物。

「……」

フレイムヘイズの少女は、大上準子当人ではない、ただ存在を割り込ませただけの他人でありながら、その『絆』の強さ、母の行為の意味、想いを感じて、声を失っていた。

母が、ゆっくりと、言う。

「ごめんね、準子」

「……うん」

偽りの、本当に答えるべき相手ではない声しか返せない。

それでも少女は答えていた。必要以上の、一言を付けて。

「全然、気にしてない」

「よかった」

仮の母は、笑っていた。

少女も、笑い返していた。

母の抱く寂しさが、とても――

母の見せる喜びは、もっと――

少女は今、忌避していた感情を、一つ、抱いていた。

しかし少女は笑う。

フレイムヘイズとして、大上準子に偽装するためには当然、笑うべきだったからである。

それを不自然とは思っていない。そういうものなのである。それを選んだのは他でもない自分で、そうすることに意味も意義も見出していた。そうすることを自ら望み、誓ってもいた。

そうすることが、フレイムヘイズなのである。

だから、フレイムヘイズの少女は笑っていた。

心の中は、問題ではない。

3　ウコバク

城址公園は、町の中ほどに広い敷地を持つ、町民憩いの場である。

戦国末期に築かれた平城の遺構が、ほぼそのまま公園として使われており、小規模ながら歴史資料館も構内に設置されている。道は玉砂利、柵は投げやりな杭とロープのみ。ところどころに残る低い石垣と広がる薄緑の芝が、長閑かつ鮮やかな春の光景を見せていた。

周囲に遊興施設もない田舎町である。休日ともなれば、犬の散歩からジョギング、デートから家族によるピクニックまで、人の往来もそれなりに盛んになる。露店もパラパラと立って、光景の彩りに一役買っていた。

そんな穏やかな陽光の下、緑と風がともに薫る中を、一組の少年少女が歩いている。

濱口幸雄と、大上準子の存在を借りたフレイムへイズの少女である。腕を組むなどの特別親密な様子こそないものの、互いの距離は、並ぶというには、やや近い。

濱口幸雄は、カジュアルなジャケットにスリムパンツ、薄地のマフラーを巻いている。

少女の方は、大き目のロングスリーブシャツに、やはり大き目のジーンズという出で立ち。

スタイリッシュな少年、さっぱりした格好の少女、という二人は、一見ミスマッチなようで、しかし妙に嵌った組み合わせであるように見えた。派手さの似合う美少年と、飾らずとも貫禄と存在感で耳目を惹き付ける少女、双方が引き立て合った結果である。

二人に行き逢う人々は、さすがに振り返るまではいかないものの、必ず目を留める。

濱口幸雄の方は、そういう自分たちの外見についてよく理解し、そんな状況に遊び、またなにより二人でそうなっていることを喜んでいた。

元々、目立つのが嫌いではない……どころか、好きでさえある。本人たちにとっては最高の場面での邪魔、両親にとっては非常に気まずい瞬間の目撃、という結末で終わってしまった火曜日のデートのやり直しということもあって、彼は精一杯サービスしよう、と張り切っていた。特に、今日もあるだろう写真撮影では、少女に頼み込んででもツーショットを撮ろう、と楽しみにしている。

今日が、大上準子と過ごす最後の時間であるとも知らず。


少女の方は、ただ敵が現れるのを、フレイムヘイズとして待ち構えていた。

少女は、濱口幸雄と連れ立って、件の写真家との待ち合わせ場所に向かう。その平静な表情の下では、注意深く周囲の状況に向けて、気を張っていた。

（昨日から、特に変化はないけど……）

まだ正体の片鱗さえ見せない〝紅世の徒〟は、依然この町に留まっている。それだけは分かるが、それ以上の行動は、やはり起こしていない。逃げるつもりがないくせに、戦いを挑んでくるでもない。何かよからぬ企てをしているにしては、人を喰らうこともしない。正直、狙いがさっぱり分からなかった。

少女が今、大上準子の喰われただろう場所と時間に居合わせた写真家とやらに接触を図ろうとしているのは、そんな閉塞状況を打開するためである。

（今度のような、一箇所に潜んだままというケースなら、トーチとなった人間の近くに痕跡が残っているか、その〝徒〟当人がいるはず）

などと思ってはいたが、今日の件にそれほどの期待はかけていない。せいぜい半信半疑がいいところだった。

（大上準子、それに可能性としてはアメリカ人の男、この二人を喰らったとして、他にはなにもしていない……もし〝徒〟がそこにいたのなら、なぜ濱口幸雄を喰らわなかった？）

少女が未だに写真家を〝徒〟だと断定できない、それが理由だった。

通常の〝徒〟なら、特定の人間に目を付ければ、すぐに喰らうはずなのである。別になにを我慢する必要もない。フレイムヘイズが近くにいるというのなら、なおさら獲物を喰らって逐電すべき……というより、〝徒〟の常識的には、するのが当然だった。

彼らの目的と存在意義は、自らの欲望を実現させることであって、人を喰らうことは手段の一環、フレイムヘイズとの諍いは無用な副産物でしかない。

〝紅世の徒〟は普通、戦闘を避けようとするのである。

もちろん、中には『戦闘そのもの』を嗜好する〝徒〟も多々存在するが、その手の連中は無駄な引っ掛けや策謀に手を染めたりはしない。真っ向から挑みかかってくる。そうするだけの強大な力がなければ、その嗜好は実現できず、存在も維持し得ないからである。

つまり、今感じているような、微弱な気配しか持たない〝徒〟であれば、採り得る選択は逃走のみのはずなのである。

(なのに、なぜ留まっているんだろう?)

人間の持つ〝存在の力〟は、実際に喰らってみないと個々人の総量は計れないし、質の違いもほとんどない(昔は〝存在の力〟の美食家を気取る者も大勢いたというが、そのほとんどは単なる見栄っぱりの空論家であったらしい……だいたい『喰らう』という表現は例えであって、実際の行為は力への変換と吸収である)。特定個人に執着する理由などないはずだった。

少女が〝徒〟の関与している可能性のある危地に少年を帯同しているのは、それら通常のケースとは状況が違いすぎるためだった。

（とりあえず、風体の怪しい写真家とやらを見てから考えよう）

そう心に決める少女と、気楽に歩く少年の傍ら、芝山には家族連れが座って弁当を広げ、玉砂利の道を年寄りが散歩し、石垣の上を子供たちが駆け回っている。

これら、どこにでもある休日の光景を、少女はなんとなく眺める。

「……？」

と、濱口幸雄が自分をチラチラ見ていることに気が付いて、少女は傍らに顔を上げた。

「なに」

少年は驚き、しどろもどろに答える。

「う、ううん、さっきから難しい顔してるし……楽しくないのかな、って」

（楽しい？）

その意味が、少女には分からない。

彼女は一般的にデートと称される今の状況を、その常識はおろか、二、、、人の間柄という大前提から理解していなかった。彼女にとっては、写真家との接触という以外に少年との行為への意味などない。双方を繋ぐ『絆』が異常なまで強力なのだから、気を遣う手間も不要で助かる、と開き直ってさえいた。

（……）

とはいえ、同行者がしょげ込むのは都合が悪い。

もし写真家が〝徒〟だった場合、この少年には当面の囮として働いてもらわねばならないのである。普段と違う挙動や雰囲気で、無用の警戒を受けるわけにはいかなかった。

（……大上準子なら、どうしたんだろう）

使命への必要性から考えるが、彼女は相手の機嫌を取るという行為においては性格的に不向きで、知識経験にも乏しい。思考の井戸は、すぐ浅い底に着いてしまう。

（まあ、いいや）

少女は投げやりな気持ちで、かつて自分が養育係の女性と連れ立って歩いたときのように、手を繋いだ。自分はそうすることで嬉しくなった、という簡単な理由からの行いである。

しかし、そうされた方の濱口幸雄は、結構な衝撃を受けた。

「っ？」

驚いて見た傍らの少女、繋いだ手の少し上に、自分の贈ったブレスレットが光っているのに気付く。この、なんでもない気遣いに（実際は大上準子の母が着けさせたのだが）、少年はオーバーなまでの感動を覚えた。

「……あ、はは」

彼はその想いを、まるで氷の融けるような安堵を込めて笑い、手を握り返す。

少女の方は、窮余の一策のもたらした意外なまでの効果に戸惑い、しかし相手の笑顔にほだされるように微笑んだ。それは濱口幸雄の抱いた喜びとも、大上準子の持っていた気持ちとも

違う、刹那覚えた親しみの表れにすぎないものだったが。

見た目だけは自然に、二人は長閑な日差しの中を歩いてゆく。

やがて前方、平らな城址公園で一箇所だけ盛り上がった、小さな丘が見え始めた。

この草木生い茂る丘は所謂『本丸』で、かつて天守閣代わりの城館が建っていた人工の盛土である。現在、その低い頂には、城全体の再現ミニチュアが案内ボード付きで置いてあった。

しかし、二人が目指しているのはそちらではなく、丘の麓に設けられた広場である。政庁跡に建てられた資料館と並んで、やや大きめの売店が三つほど軒を連ねている。ベンチも多いそこは各入り口からの終点であり、のんびり歩いてきた来園者の休息所でもあった。

濱口幸雄は辺りを見回す。

「えー、と……まだ来てないか」

「件の写真家が？」

少女が、今日の標的について短く尋ねる。

「クダ……？　うん、前もいきなり声をかけられたし……とりあえず、同じ場所で座って待ってようか」

言って、少年は歩き出す。

手を引かれて並ぶ少女は、周囲を警戒した。今のところ、敵意や殺意の類は感じられない。

人の数に比例して、下卑た視線が多くまとわり着くのを感じたが、これはいつものことと、感覚を意識的にシャットダウンした。そうして、再び尋ねる。

「私がボーッとしてた場所って、遠かった？」

少年は、春の日差しのように明るく笑って指差す。

「なに言ってんだよ。人にさんざん探させといて、結局あの木の下に立ってたんじゃないか」

「……」

少女が見れば、広場の端に一本、さほど大きくない楓の木がある。あそこで大上準子は喰われたのかどうか、考える内に、二人は丘を囲む空堀を背にしたベンチの前に立った。

濱口幸雄は手を離すと、ごく自然に、一歩先に。

「ここで待ってたら、いきなり『写真を撮らせてもらえませんか？』って言ってきてさ。あのゴツいカメラと助手がなかったら、変質者と思って逃げてたところだよ」

ベンチの埃と落ち葉を手で払って、大上準子を導く。

「はい、どうぞ」

「うん、ありがと」

少女は素直に答えて、腰を下ろした。その視点からもう一度、それなりの面積を持つ広場を漆黒の相貌で見渡す。

さっきの楓の木、本丸の入り口に渡された短い橋、疎らに人の見える売店、子供らが飛沫を散らして遊ぶ水道、広場を囲む新緑の木々……町の観光案内や地図などに照らし合わせて、全体の地勢は既に把握してある。なにがどう、変わっているようにも見えない。

　もう一度、楓の木に視線を戻す。

あそこまでの距離は、せいぜいが十五、六メートル。

（これだけの近さ……もし、件の写真家が〝徒〟だったとすると、広場半分ほどを覆う封絶を張ったのかな……でも、それならなおさら、濱口幸雄だけ喰われてない理由が分からない）

　思いつつ、その自在法の発動、あるいは〝存在の力〟を繰る予兆に、心の焦点を合わせて警戒する。やはり現状でその気配はない。

（考えすぎかな……それに今日、写真家を名乗る〝徒〟が様子を見に来たとして、この程度の気配しか持たない奴なら、出るに出られないかも）

「準子、ジュース買ってくるよ。なにがいい？」

　接触は望み薄か、と考え始めた少女に、座らず立ったままの濱口幸雄が尋ねた。

「果汁の名前付き飲料。甘味料入りで酸味のあまり含まれないもの」

　少女は理路整然と回答する。

「え、なんだって？」

　訊き返されて、もう一度、分かりやすく一言で。

「果汁の、甘いジュース」

「分かった、待ってて」

少年は、今度は苦笑とともに答えて背を向けた。ベンチの正面、広場の反対側にある売店に向かうらしい。その壁に自販機が見えた。

「アラストール、どうかな？」

少女は胸元のペンダントに問いかける。言葉は省いているが、大筋の意図は伝わった。

「うむ、画家がいたほどだ、写真家たらんと欲する〝徒〟が現れたとて驚きはせぬが……あの発見されたアメリカ人との関わりが読めぬな」

二人の会話は、付近に人がいないため、ごく自然に行われる。

「そうね。それがなかったら、もっと簡単なんだけど。どうしてあっちだけ、〝存在の力〟が少なかったんだろ。十年も行方不明だったのと、関係があるのかな」

「ふむ……確実に消耗し続けている以上、宝具を蔵した〝ミステス〟でもないのだろう。単なるトーチを十年も持たせるような〝徒〟は聞いたことがない……たまたま他所から流入したと考えられなくもないが」

「――『まぐれや偶然は、最初から考慮の内に入れてはならない』――」

少女は教えられた心得を唱えてから、ふう、と溜息を吐く。

「本当、今度の相手はややこしいね」

「欲望の形は人毎に無限だ。それを自在に現す〝徒〟であれば、なおさら多彩となる」

頷いて答え、何気なく広場に巡らせていた視線を、

「やっぱり実際に遭遇してみなきゃ、分からな――」

濱口幸雄に戻そうとして、

「――!?」

見失った。

「な!?」

幾人かが間を過ぎる広場の反対側、少女の座るベンチの真正面に位置する売店、その前にある自販機。ほんの数秒、視線を僅か他所にやる前まで、そこに少年は立っていた。今、その姿は掻き消すようになくなっている。

「どうして」

周囲を視線鋭く見回しながら立ち、弾けるような勢いで駆け出す。

抜かりなく周囲を警戒していた。どんな小さな〝存在の力〟の発動があっても、その予兆とともに捉えようと、感覚を最大限に研ぎ澄ましていた。

(トイレにでも行った?)

殺気や敵意の類が向けられた感覚はなかった。

(死角に入っただけ?)

その中で、いきなり少年が消えている。

(店の中にいる?)

心中、可能性を並べる内に、少女は自販機の前に立った。

(公衆トイレには私の視界を過ぎらないと行けない、私が走った速度以上の移動はない、自販機から店の中に入る時間的余裕はない)

早々に先の可能性は否定された。となると、

(人間以上の力が、彼を持ち去った)

素早く冷徹に的確に、状況を確認する。玉砂利の上には、速力の痕跡らしい大きな抉れはない。空中に攫ったのなら見えていたはずである。自在法も使われていない。

「！」

と、自販機の陰、店と店の間に、路地ともいえない隙間があるのに気付く。人一人、体を横にしてようやく通れそうな狭さである。そこを覗き込んだ少女は、ギョッとなった。

年月相応の埃がこびり付いた壁に一線、なにかを擦ったような、
詰め込まれた泥塗れの廃材の上に点々、不気味な大きさと形の、
爛れた赤銅色の残り火をチラチラ燃やす、それは焦げ跡だった。

(――〝紅〟)

濱口幸雄を狙っていた者が人間ではない、

(世の)

決定的な証拠を目の当たりにした瞬間、

少女は痕跡を追い、狭い隙間へと矢のように跳躍していた。

躍り出た売店の裏は、手入れも杜撰な林。その黒ずんだ地肌に、大きな間隔での足跡が、やはり先と同じ、爛れた赤銅色の残り火として点々と穿たれている。

数十秒のタイムラグを縮めんと、これを辿って駆け出す少女は、

（徒〟!!）

（なんなの、いったい？）

跳び越す眼下に見た一瞬で〝徒〟の性質を看破し、呆れていた。

あの埃っぽい隙間に残されていたものは、特殊な自在法の傷痕などではない。もっと稚拙で、馬鹿らしく、いい加減な行為の結果だった。

壁に一線ついていたものは体を擦った跡。

廃材の上に点々と残されていたものは長尺の歩幅で往復した跡。

つまり、今も前へと延びているこれは、単なる〝徒〟の走った跡なのである。少女が一跳びで越えた隙間を、あんな無様な体捌きでしか通り抜けられず、おまけに焦げ跡と残り火まで付けている。自在法を使ってもいないのに火が漏れている（恐らくは激しく動いたためだろう）というのは、己が存在をこの世に実体化させる『顕現』が不安定ということに他ならない。

（不器用すぎる……でも）

だとしたら、なおさら奇妙だった。

（気配が微弱な、それこそ眼前に現れても圧迫感さえない程度の〝徒〟が……）

「フレイムヘイズの至近で、ここまで無法な真似をするとは」

アラストールが、まるで少女の内心を継ぐように、小さく呟いた。

「うん」

走る少女も、同感と小さく頷く。

二人とも、まさかフレイムヘイズを前にした〝紅世の徒〟が、ただ人攫いを行うだけとは予想だにしていなかった。なぜその場で喰わなかった、なぜ討ち手を眼前にして戦わなかった、なぜその拉致を見逃してしまった……不可解な疑問ばかりが降り積もってゆく。

（くそっ）

少女は己が不覚を恥じる。

（――「おはよー」――）

（――「俺のせいで両親と喧嘩するのは、よくないよ」――）

ほんの数分前まで一緒に歩いていた濱口幸雄が、囚われた。

（――「やった！　なんなら、ツーショットも撮ってもらおうか」――）

（――「……あ、はは」――）

自分という者が付いていていながら、みすみす。

（――「はい、どうぞ」――）

(――「準子、ジュース買ってくるよ。なにがいい？」――)

不甲斐ない自分への怒りを燃やす。

(なんて間抜けな!!)

少女はフレイムヘイズとして、感情を炎の嵐のように咆え猛らせていたが、同時に理性を厚い氷のように張り詰めさせてもいた。感情からの行動、理性からの分析、それぞれを車の両輪に、ひたすら〝徒〟の討滅を目指して邁進する。

(この森は、たしか――)

少女はこの町に現れてから数日、地図等の資料を綿密に調べ上げ、実地での見分も細かく行っている。大上準子の『絆』の力を借りるまでもない。手に取るように先が見えた。

城址公園は、公園となっている遺構を広い環状道路でぐるりと囲み、三箇所で各方向の幹線道路に連結される、という構造をしている。今少女が走る森の先には、環状道路沿いにやはり三箇所設けられている、駐車場の一つがあるはずだった。

見分時の記憶を手繰り、小さく舌打ちする。

(ちっ、舗装された場所じゃ、足跡が残りにくい)

樹間を抜ける疾風のように駆けること数十秒。眼前に光が差し、端に落ち葉の積もった、アスファルト敷きの駐車場が広がった。飛び出た少女は、素早く周囲を見回す。

(どこだ――)

　また一駆(ひとか)けして、城址公園内から幹線道路に繋(つな)がる寂しい道路の前後を確認する。

　と、

「——あの大きいやつ！」

　車通りのない道路の遠方、箱型コンテナを引いた大型トレーラーが、ゆっくりと巨重(きょじゅう)に速度を与えつつあるのが見えた。煤塵(ばいじん)を車体下側部(かそくぶ)から盛大に吐き出し、全力で追跡者から逃れようとしている。

「車、だと？」

　アラストールの返答は、少女への異議申し立てではない。

　どうして〝徒(ともがら)〟が身軽な、隠(かく)れるも撹乱(かくらん)するも容易(たやす)い身一つで逃げないのか——しかも、逃走経路が限られる車両、明らかに取り回しの悪そうな大型トレーラーなどを使って——それら不審(ふしん)の表明である。

　全く、手口といい、姿勢といい、不可解(ふかかい)なことばかり行う〝徒(ともがら)〟だった。

（でも、詮索(せんさく)は後）

　思って、少女は息を吸い、

「……っ！」

　それを胸中(きょうちゅう)で爆発させたかのように、バン、と地を蹴(け)って走り始めた。

　前方を行くトレーラーは、重くガリガリとエンジンの咆哮(ほうこう)を上げて、さらに加速する。

少女も負けじと足に力を込めて、
一跳び、
二跳び、
三跳び、
まるで地面スレスレを飛翔するように、壮絶な勢いで駆ける。いつしか、その走る姿には、漆黒の風とも見えるコートが纏われていた。
程なく前方、トレーラーが幹線道路に連結するコーナーへと差し掛かり、速度を僅かに落とした。
（よし――）
少女は一気に距離を詰めつつ、右手をコート左の内懐、腰の辺りに差し入れる。見る見る迫るコンテナの後部、両開きの重厚な扉との距離を見切り、
「――っは！」
抜きつけに、左腰から現れた細身厚刃の大太刀一閃、扉を縦向きの閂として固定していたロックバーとハンドルを両断した。さらに、頭上へと振り上げた大太刀の柄先に左手を継ぎ、静止の間を置かず斬り下げる。
バツの字に断られた扉の中央から部品が次々と脱落し、コーナーを曲がる慣性を受けた扉が片方、大きく開いた。

その隙間を狙い、少女は最後の跳躍で、

「つだ!!」

一気にコンテナの中へと躍り込む。

その奥、明かりもない暗がりの底から、

「な……なんだ、と……」

震える驚愕の声が響いた。

その何者かの瞳に、
紅蓮が映る。


片膝をついていた少女は、揺れるコンテナの床を踏み、ゆっくりと立ち上がる。

バタバタと巻く風に大きく翻るのは、漆黒のコートの形態をした万能の衣『夜笠』。

右手に握られているのは、持ち主の身の丈ほどはあろうかという大太刀『贄殿遮那』。

見る者の心を燃やすような紅蓮に煌き、火の粉を舞い咲かせて長く棚引くのは『炎髪』。

そして、ゆっくりと開かれる、やはり紅蓮に煌く相貌は『灼眼』。

これぞ〝紅世〟真正の魔神〝天壌の劫火〟アラストールの契約者。

討滅者フレイムヘイズ『炎髪灼眼の討ち手』、その真の姿だった。

今や、全開の力でそこに在るフレイムヘイズの少女は、自ら煌く。

まるで、そんな少女に対抗するかのように、

「……っ！」

爛れた赤銅色の炎が、直下から吹き上がった。

床面に残されるのは、同色の炎で描かれた、奇怪な紋章。

少女は感じる。

このトレーラーに自在法――世界の流れから内部を断絶させ、外部から隠蔽する、因果孤立空間『封絶』――がかけられたことを。もはや、この車は人間には見えなくなっていた。所有者の恣に、どこまでも暴走を続ける。

その車体が今、速度を増し、エンジンを大きく震わせながら坂を上っている。

少女は、事前に調べた地勢と自分の追跡した方向、時間を考え合わせ、答えを導き出した。

トレーラーは、高速道路のインターチェンジに入ったのである。この車は、この車の持ち主である〝徒〟は、すでに逃走を始めていたのだった。

（させない――）

思い、フレイムヘイズの少女は自分の煌きと封絶の炎、双方で照らし出されたコンテナの内部を見やる。見やって、絶句した。

「!?」

「む、う」
アラストールも驚愕に息を呑む。
見る二人の前、コンテナの内部には、狂的な情念の一つ姿が広がっていた。
写真、
シャボン玉、
写真、シャボン玉、
写真、シャボン玉、写真、シャボン玉、
写真写真写真、シャボン玉、写真、シャボン玉、写真、シャボン玉シャボン玉、写真……
広い直方形の内壁一面に、真新しいプリントから黒染みた銀板まで、様々な時代・種類の写真が、隙間もないほど乱雑に貼り付けられていた。
同様に、広い直方体の空間を一杯に埋めて、異様に大きな、色もとりどりなシャボン玉が無数、薄暗い宙を不規則に浮遊していた。
混沌の暗室のように、悪夢の現れのように、平面が、空間が、何らかの情念で塗り固められている——肌をゾロリと撫でる怖気や悪寒を通して、少女はそれを感じた。
と、傍らに一つ、
(?)
シャボン玉が漂ってきたことで、気付かされる。

（なに？）

その薄く光る球体の中、反射の狭間に、人影が見えた。

（人形……）

シャボン玉に合わせた大きさの、直立した男性である。

（……じゃ、ない）

どうやってか、身の丈を縮ませて中に入っているのは、人間だった。

（なんだ、いったい？）

肌にある怖気と悪寒の根源を探るように、少女は周囲に灼眼を巡らす。

（なにを、ここで、している？）

コンテナの内に広がる光景、狂的な情念の共通項は、容易く見つかった。


その全てに、人が、ある。


写真の対象は全て人物、それもモデルのようなスタイルと容姿を持っている。

シャボン玉の中に入っている人間も、同じく美男子と言っていい男性ばかり。

「なに、これ」

フレイムヘイズの少女は、この光景に感じた、得も言われぬ嫌悪感をまま、口にした。

それに答えてか、

「う……」

不気味な世界の奥の奥、

「おお……」

ひときわ集まるシャボン玉の陰から、震える声が響いた。

「え、炎髪、灼眼だ……そ、そ、美しい……」

それとは逆に、確信と威厳に満ちたアラストールの声が、厳しく詰問する。

「何奴だ、貴様。ここでなにをしていた」

僅かに間を空けて、

「キ、ヒ、へへ……」

コンテナのどん詰まり、シャボン玉に隠れて見えない何者かが、咽喉の中で掠れ果てるような笑い声を上げた。

「……大魔神〝天壌の、劫火〟……本、物だ」

答えではない、なんらかの感情そのものの発露である、声。

その響きの不快さに、少女は眉根を険しく寄せる。

それを知ってか知らずか、声は続ける。

「ニ、ヒイ、ヒアハハ、いい、だろ？　これ全部、俺様のだ……この〝纏玩〟ウコバク様の、もの……」

真名も通称も、聞いたことのない〝徒〟だった。

ガタン、と高速道路を爆走する不可視のトレーラーが揺れて、ウコバクと名乗った〝徒〟は言葉を切った。息をヒュウッと吸い込んで、言い直す。

「つくひ、俺様の……俺様の、『いつかこうなる俺様』の、モデルとなる、姿、だ」

俺様、俺様、としつこく繰り返す〝徒〟を、少女は灼眼で見据える。感情を込めて睨みつけるのではない。どんな性質を持つ敵であるかを見定めるために、冷厳と見据える。

そのとき、また車体が大きく揺れて、少女も、宙にあるシャボン玉も、奥のウコバクも一緒に、加速の中で浮遊した。二、三秒で、巨大な車体が乱暴に、路面を打つ。

ドズン、と常識外れな速度のツケが衝撃になってコンテナを揺さぶる。

少女は軽く両膝を沈ませるだけで耐えたが、奥で床にうずくまっていたらしいウコバクは、体をまともに打ちつけ、

「ぐぶっ、げあ」

と気味の悪い叫びをあげた。その拍子にシャボン玉の間から、醜く野太い腕がゴロリと前に倒れ落ちた。

「っ!?」

少女が驚きに灼眼を見張る間も僅か四半秒、

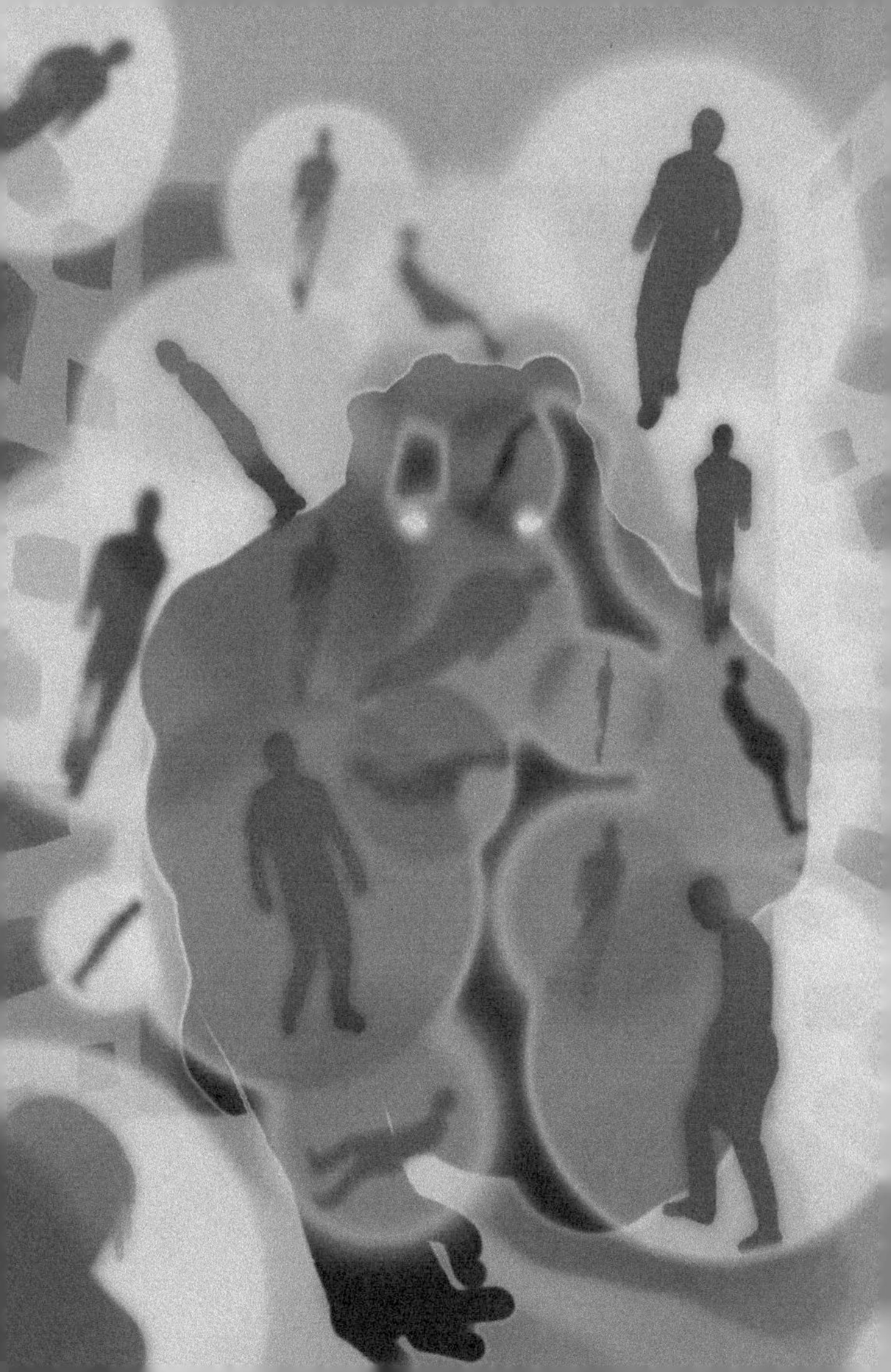

「ひあ、おお……」

恥辱の呻きとともに、その、人では在り得ない腕が、シャボン玉の陰に引き込まれる。不完全な顕現の証である爛れた赤銅色の火が、腕を打ちつけた床にチラチラと残されていた。

アラストールが、契約者の少女とは別種の驚きを、平静な声にして奥に放る。

「本性ままの顕現とは、当節珍しいことだ」

往古、多くの〝徒〟は、己の意志総体をそのまま特徴とした形態で顕現していた。

意志総体、つまりメンタリティの作りこそ人間と同じではあったものの、恣に己が在り様を現していた彼らは、趣向・気質・個性をそのまま、外見にも表出させたのである。ときにはこの世でも見られる物体や動物そのままの姿を、ときには全く見たこともない化け物の姿を、またときには混ぜ物のようにデタラメな姿を取ることもあった。

ところが近代になって、人間という種が文明文化、社会形態において目覚しい進歩を遂げると、〝徒〟らは『高度で洗練された生物・人間の姿』に憧れるようになった。その社会の中に欲望の対象を見つける者が多数出たためでもある。

そうしていつしか、彼らは心の在り様そのままだった顕現を、その本性に見合った人間の形態へと変換するようになっていった。今では僅かな例外を除いた、ほぼ全ての〝徒〟が、この『人化』の自在法によって人間の姿を取っている。

アラストールの感想は、ウコバクがその僅かな例外であることを指していた。

「うぐ、あ、ヒ、ヒヒ」

ゴロゴロと咽喉の奥を鳴らしながら、醜い本性のままの〝徒〟は笑い声を漏らす。

「こ、こんな姿は、俺様の、望むものじゃ、ない」

やはり今度も、返答ではなかった。まるで独り言のようにブツブツと呟き続ける。

「だから……ここに、集めた奴らの姿を、研究して、一番、一番、美しい、『いつかこうなる俺様』の姿を作るんだ……『人化』の、自在法だけじゃ、俺様を、俺様を現しきれない……満足できる俺様の姿を、作れない」

「そのような些事のために、人間たちを捕らえているだと……？」

吐露された、あまりにちっぽけな計画に、アラストールは不審の声を漏らした。

（……）

少女はアラストールの戸惑いに、共感を覚えていた。『この世のバランスを守る』という、行為としては差し迫り、状況としては終息も見えない、遠大過ぎる志を抱く〝紅世の王〟の契約者として。強大なる魔神のフレイムヘイズとして。

逆にウコバクの、行為と気宇、ともに卑小な望みには、全く共感できなかった。容姿の美しさ程度のことに、狂的な情念を抱ける気持ちが、そもそも分からない。あるいは優れたる者の傲慢として。故にこそ優れたる者として在るように。

目の前、シャボン玉の狭間に開いた暗がりから向けられる嫉視の感触、その情念が起こすだろう行為への警戒だけが、彼女にとっての〝纏玩〟ウコバクの全てだった。

(……どうしてこんな奴に、不意を討たれたんだろう?)

改めて感じる。〝纏玩〟ウコバクは、その持てる望み同様、あまりにちっぽけな存在だった。

強大なる〝紅世の王〟どころか〝徒〟の中でも劣弱な部類に入るだろう。その程度の存在が、
たかが外見如きのために、自らの存在を、今のような危険に晒すとは。

(ん?)

と、その存在の小ささを感じ、嫉視に当てられる内に、気付いた。

(そうか)

なぜ自分が、ウコバクの接近を感知できなかったのか。

みすみす濱口幸雄の拉致を許してしまったのか。

気付いて、ただ、哀れに感じた。

アラストールが淡々と、しかし重く低い声で続ける。

「自らの本性に見合わぬ外見を作るのは、単なる顕現の変換である『人化』とは違う。不自然であるがゆえに、常時相応の〝存在の力〟を消費することになるぞ。貴様如き存在で、それを賄いきれるとは思えぬ。理想の姿とやらも、作れたとて仮の面程度のものにしかなるまい」

「ぐ、ぐう、ぐ――」

ウコバクは事実を前に、呻き声しか出すことができない。

（なんて、弱い）

その、なにもかもの、あまりな卑小さ。

他でもない、その卑小さこそが、不意を討たれた原因なのだった。

劣弱な"徒"たるウコバクは、強大なるフレイムヘイズたる少女に、敵意や殺意という強い意志を、怒りや憎しみという能動的な感情を、ぶつけることができなかったのである。できたのは、暗い……しかし彼にとっては全てである、妬みを感じること、それだけ。

少女が、他者から頻繁に向けられる感情としてシャットダウンしていた類のもの（少女はそれを、自分の美しさではなく強さへのものと勘違いしていたが）、それだけしか彼は持っていなかったのである。戦意のない相手を、戦士は敵と認識できない。とんだ盲点だった。

そしてもう一つ、恐らくはこの"徒"にとって、最も酷な事実があった。

だからこそ、少女はそれを、敵を揺さぶる手段として突き付ける。

「おまえは、弱い」

「な、ぬ、だと……」

ウコバクは突然の宣告に、呻きを止めた。

「おまえを形作る情念も、おまえを支える欲望も……それらを反転させた負の感情も、全て、ただの人間たちに混じる程度にしか、感じられなかった」

「……」

沈黙と物陰の奥底で、ジワジワと力が集まっていく。

弱い、力が。

「おまえの全ては、それほどに、弱い。自分の望みが、届いても維持さえできない、意味のないものだと、知ってもいる」

「――」

少女はさらに辛辣な、強者としての無情さで告げる。

ただの、事実を。

「全てを知って、それでも『いつか』にすがってるような奴は、小さく弱くしかなれない」

無駄だと分かって、それでも強い少女は、通告する。

「もう、〝紅世〟に帰りなさい。あなたのような〝徒〟は、これ以上この世にいても、周りに害を及ぼすだけで、なにもできない」

その、強者ゆえのとどめに、弱者ゆえの執着が声となって爆発した。

「――っく、ああ、黙れぇえっ!!」

逆上したウコバク……自分の卑小さを知っている〝徒〟は、そのありのままの右腕を前に突き出した。手の先にかざされた金属の輪に、強烈な勢いで息を吹きかける。

「つぶがはあー!!」

途端、無数のシャボン玉が、その輪から溢れ出た。

（捕獲のための宝具か）

少女は、ウコバク程度の〝徒〟ではさほど手の込んだ自在法は構築できないだろう、コンテナの内部の状況と眼前の攻撃がどう結びつくのか、などの分析を刹那の内に経て、この玉に触れた者は中に閉じ込められるのだろう、と結論付ける。

そうして迎える、不気味な洪水とも見えるシャボン玉の殺到を、

「ふん」

少女は鼻で笑い飛ばしていた。その傍ら、滑らかで、無駄に空気を斬らない剣風が奔っている。途中で一度、ドドン、と高速の路面で床が大きく跳ねたが、奔る剣風、描かれる刃筋は全く揺るがず乱れない。大太刀を僅かに四振り、五振りさせただけで、少女は迫ってきた全てのシャボン玉を破裂、消滅させていた。

ウコバクは、シャボン玉の陰で、驚きに身を竦める。

「……な、んだと」

「無駄よ。『贄殿遮那』に、そんな小細工は通用しない」

「あ、あ……う」

彼のような、世間の隅に隠れ住む一介の〝徒〟でも、その大太刀の噂は聞いていた。

伝説・迷信の類として語られる、恐怖の化け物〝天目一個〟。その持物たる、神通無比の大業物を、この眼前にある強大なフレイムヘイズが……否、強大なフレイムヘイズだからこそ、

所持している。

その、容赦というものを全く知らない現実に突き当たって、卑小な〝徒〟は嫉妬に、ようやくの怒りを混ぜる。二つの感情の表れである声を、まるで泡のように吹く。

「ぐ、ぶぐ……、ぐ」

そして彼は、その卑小さゆえに、感情を逆転させる。

「ぐ、ふ、ぐぐふ、フ」

戦闘における劣勢ではなく、劣等感を覆す切り札を自分が握っている。

強敵を撃退するのではなく、自分を脅かす者を、いたぶることができる。

それら、暗い喜悦の表れだった。

「フグ、ハ、ハ……」

彼は笑い、金属の輪をかざしたままの右腕と並べて、左腕を陰の中から突き出した。

「……これ、分かるな?」

その掌の上には、バスケットボール大のシャボン玉が載っている。

ほんの毛幅ほど、少女は眉根を寄せる。自分へとかざされたシャボン玉の中、直立している少年には、見覚えがあった。

濱口幸雄である。

大きく無邪気っぽい瞳は、虚ろに空を見つめ、全体的な線の細さは、身の丈が縮んだことで脆さを想起させる。人形として見れば、その姿態はまさしく芸術品とも言える美しさ。

しかし、彼は人形ではない。生きた人間だった。

それを、醜い〝徒〟が説明する。

「へ、ハハ、ヒヒ、こいつは、死んでない……まだ、生きてるぞ」

「フレイムヘイズに、人質が通用すると思ってるの？」

少女の冷淡無情な反応、自身の危機ともいえる返答に、なぜかウコバクは笑って返した。

「キハ、ハ、そういう、こと、じゃ、ない……分かって、ないな」

「？」

怪訝の色を混ぜる灼眼に、変わらず暗い嫉視で返すウコバクは、ゆっくりと立ち上がった。

コンテナ最奥に伸び上がった体軀は、天井に着くほどに大きい。その体中には大小のシャボン玉が張り付いて、本体は見えなかった。

「この、俺様の『アタランテ』は、捕縛の宝具……閉じ込めるだけ。それだけ、しか、できない。戦いでは、さっきのが、せいぜいだ」

言う彼、そそり立つシャボン玉の塔の中から、『アタランテ』というらしい金属の輪型の宝具をかざす右腕と、濱口幸雄を入れたシャボン玉を握る左腕だけが、突き出ている。

（なら、なぜ笑う？）

少女とアラストール、二人はともに疑問を抱いた。言われたとおり、既にシャボン玉の攻勢を退けてもいる。今さら宝具のことをひけらかす意図が読めなかった。

「だが、な、ヘハ、ヒヒ」

対するウコバクは、状況を支配する喜悦に浸りつつ答える。

「中に、入ってる奴は皆、動けないだけだ。皆、生きてる。死んでない。ただ、動けないだけで、生き、続けてる。おまえの、周りにいる連中、皆、みんな」

「動けないだけで、生き続けてる……？」

ふと少女は一つの事件——自分があの町に現れるきっかけとなった、この〝徒〟と関わる原因となった、一つの事件のことを思い出した。

「やっぱり、あの十年ぶりに見つかった男も、おまえが？」

ウコバクは、シャボン玉の塔に見える巨体を揺すり、愉快げに笑う。

「ハ、ヘハ、そう、か、十年、だったか？　髪の色がくすんで、肌に皺が入った、から、喰らって、捨てた。写真は、ちゃんと残して、あるから、捨てても、いいん、だ」

「……」

少女は、非道への怒り以上に、

（こいつを放って置くわけにはいかない）

というフレイムヘイズの使命感から、灼眼の内に激しい闘争心を燃やす。

「すぐ消える、ように、トーチの構成に必要な量、ギリギリまで〝存在の力〟、喰らってやったのに、まさか、消える前に見つかる、とは、な。運が悪い、ググ、ヒハ」

シャボン玉……ただ腐らせるためだけに仕舞っておく玩具箱の陰で、大きな目玉がギョロリと巡り、自分の左掌に載せたものを指して止まる。

「この、コレクション、若い奴が、少なくなってたから、な……こいつを」

濱口幸雄が、これ見よがしにかざされる。

「着飾らせて、から、手に、入れるため、に日を置いたのが、まずかった、か？　それとも、撮影の、邪魔をしようとした、女を、喰らった方、か？」

フレイムヘイズの少女は、この挑発にも似た長口舌に惑わされていない。灼眼を相手の姿に定め、焼き付けるように凝視する。

冷静に、相手の意図を看破しようと、全てを張り詰めさせていた。巻き込まれた濱口幸雄の運命も、大上準子が喰われた経緯も、その緊張に何の響きも揺らぎも生じさせない。全てが、自分と眼前の〝徒〟の行動、それのみに向けられていた。

シャボン玉の影で、〝纏玩〟ウコバクは嗤う。

「ヒフ、ハ、ヘエ、まだ、分からない、か」

小さくも強く美しいフレイムヘイズを、大きくも卑小な――今は――醜い自分が、高みから見下す。勝利への切り札を持って。たまらない、全く、たまらない。

「おまえ、の周りに浮かんでる、全ての泡に、人間がいる」

フレイムヘイズの動揺と隙を、この手段で何度も生み出している。それは、世界のバランスなどという戯言を信奉するフレイムヘイズの習性のようなものだ。

「この人間ども、全て喰らえば、どれほど、の歪みになる、か」

長い長い、『いつかこうなる自分』を目指す時の中で、この捕らえた少女をどう使おう。いつものように売り渡してもいい。これほどの美しさなら、傍らに置き、勝利の記念碑とするのもいい。

「見ろ――!!」

ブワッ、と、トレーラーの速度にも拘らず、今までコンテナの中に緩く滞空していたシャボン玉が、一斉に宙へと舞い上がった。

ウコバクと少女の間を塞ぐ、それは数百単位の、人間そのものによる盾だった。

これだけの数が一気に喰われれば、この世に与える歪みは相当な大きさになる。

といって、シャボン玉の全てを薙ぎ払って突き進めば、無数の命が犠牲となる。

(く、ら、え)

この錯綜する情況によって与えられる数秒の動揺、

(これ、で、終わり、だ!!)

しかし、ウコバクにとっては、それだけの間が得られれば十分だった。

「つぶごはぁ!!」

突風のような吐息が、右腕の前にかざされた『アタランテ』に吹き込まれた。

生まれるのは先の如き、小さな無数のものではない。

大きな一つ……彼の力の大半を費やして生み出された、大きな一つのシャボン玉だった。

その、ほとんどコンテナの直径ほどもある球体の驀進を、宙を舞う小さなシャボン玉たちは羽毛の舞うように軽く緩く、かわしてゆく。フレイムヘイズの側から見れば、人質の群れの中から、巨大な檻が突如出現するのに等しい。

そう確信するウコバクの眼前で突如、動揺の中でこの不意討ちを避けられるわけがない。

バン！

と紅蓮の光が閃いた。

「——ッギ、オ⁉」

驚き固まる彼の前にいきなり、大きなシャボン玉がコンテナの中央を押し通った軌跡……押しのけられた無数の小さなシャボン玉による洞穴が残された。

その向こうに、彼の世界の出口が見える。

大きく一面に開け放たれたコンテナの後部と、
無茶なスピードで流れ過ぎてゆく高速道路と、
トラックを中心にした封絶の外壁である陽炎。

ウコバクは、自分の目を焼いた閃光が、少女の足裏から発された爆火であることを、それがたった一撃で、彼の全力を込めて放ったシャボン玉を消滅させたことを、理解できなかった。

(——なん、だ？　俺の、攻撃は、どうなっ、た——)

ただ、逃げたのか、と虚脱の中で思い、そして、ようやく気付く。

(道路に、落)

眼前を、斜め上から真横に、『贄殿遮那』の細く分厚い刀身が通り抜けた。

(ちてない!?)

気付いたことを心に流した、そのときには既に、前方へと差し出していた両腕が、肘からすっ飛んでいた。

「——ッギョアああオウウあおーっ!?」

コンテナ全体を揺るがす絶叫をすら打ち破るように、少女が——泡を破壊する爆火を放ち、視覚を奪う閃光を発し、その噴射の勢いでコンテナ上に飛び移っていたフレイムヘイズの少女が——天井を蹴り砕いて飛び込んできた。コンテナの床に着地するまでの間に、ウコバクの両肘で、爛れた赤銅色の火の粉を撒き零す斬撃の跡を確認する。

それは、攻撃の寸前まで目に焼き付けていた位置と、ミリ単位で同じだった。

自分の技量が信頼に応えたと知り、少女は強烈な自負の笑みを浮かべる。浮かべつつ、身を縮めた着地で溜めた力によって跳ね上がり、容赦ない止めを、体中に貼り付けたシャボン玉の間を縫った刺突として一撃、大柄な〝徒〟の眉間に入れる。

「ぼ、ホア、う」

断末魔とも言えない呼気が漏れ……体中からハラリハラリと、統制を失ったシャボン玉が剝がれ落ちてゆく。

本当の体が、少女の前に、晒された。

まるで、そのことだけが大事であるかのように、

「──ア、あ」

両のギョロ目に悲傷の色が過ぎり、消えた。

大きな体が、大した勢いもなく火の粉となって弾け、すぐ吹き込む風に巻かれて散る。

後に残されていたのは、所在無げに漂う無数のシャボン玉と、情念の残滓たる写真、そして金属の輪型の宝具『アタランテ』だけだった。

それらを見た少女は、感慨ではなく実務上の決着として、一息吐く。

「ふう、どうやら〝徒〟の討滅で泡が弾けることはないみたいね」

「うむ、もしそうなって、この人数全てが元の大きさを取り戻していたら、大惨事となっていたところだ。宝具を破壊しなかったのは好判断だったと言えよう」

「ふふ──」

アラストールの賛辞に笑い返そうとした少女は、

「──っわ!?」

ガクン、
と突然起きた、急な車体の横滑りにギョッとなった。

「なに!?」

「む、しまった、運転手か――！」

「あっ!!」

ウコバクが消滅した今、周囲からトレーラーを隠蔽する封絶は、彼女が維持している。いつもの戦いと同様、それで後始末は済んだ、と思っていたのだが、今回の戦場は疾走する車の上だった。

トレーラーを運転していたのは、恐らくウコバクの〝燐子〟(人間が封絶の中で動けるわけはないのだから、当然の消去法である)。あの程度の〝徒〟に高等な〝燐子〟が作れるわけはないから、多少自動的に動ける操り人形程度のものに違いない。それがもし、主の消滅で機能を停止していたら――！

「車を止めるのだ！」

「もう、本当に最後まで!!」


ボーン、ボーン、と古い時計の時報が鳴って、

「ん、……？」

大上準子の母は、卓袱台にもたれかかってのうたた寝から覚めた。

「ああ……もうこんな時間」

誰に言うでもなく言い、どこを見るでもなく見、ただ、思いを馳せる。

（準子、どうしてるかしら）

今日は、四日前に二人と出くわしたときのように、学校の帰りに立ち寄った、という形ではない。本格的なデートである。

（その寄り道程度であんなことしてたんだから、今日は……）

娘があんなことをする光景を前にしたとき、子供が子供でなくなる、そんな得も言われぬ不安と心配が、突然湧き上がった。そして、それはすぐ悲しさと寂しさに変わり、夫ともども口汚く相手の少年を罵っていた。

今も胸の奥にこびりついたままの、それらの感情とは別の部分で、自分たちの愚かしい行為を激しく後悔する。

（でも、ねえ）

ふう、と溜息を一つ。

昔と今とでは、若者の恋愛に対する観念もかなり違う——そのことは頭では分かっている、つもりだ。しかしそれでも、親の身としては、見たものを、そこから来る感情を、そう簡単には受け入れられない。感情が、悲しさ寂しさであれば、なおのこと。

（まあ、悪い子じゃなさそうだったけれど）

渦中の人、『濱口君』は、見た目こそ軽薄そうな今時の少年だったが、一方的に罵る（と、今なら自覚できる）自分たちに対しても、反抗や開き直りの色を見せるでもない、本当に済まなさそうな顔をしていた。

（そうだ）

あのときのお詫びとして、家に招待などしてあげたらどうだろうか、と思いつく。ブレスレットを誤って壊してしまったこともある。娘のことは措いて、個人的にも謝罪したかった。今時の子供というのは、そういう堅苦しい応対を嫌うとも聞いているが、なんとなく、あの少年なら招待を受けてくれるような気がした。

（今から仲良くしておくのも、悪くはないわよね）

と先走って、未来のことまで夢想する。

子供が子供でなくなるのと同義の、
娘が一人の人間として広げる未来のことを、
今度は、明るい感情で。

（どういう口実で呼べばいいか、準子と相談してみよう）

それを聞いたら、準子は喜んでくれるだろうか、それとも警戒されるだろうか……そのときの娘の態度を想像して、クスリと笑う。頬杖を突いて、暗くなり始めた窓の外を眺めた。

「早く、帰って来ないかしら……」

大上準子の母は、全てを忘れる、そのときまで、娘のことを思っていた。


濱口幸雄が目を覚ますと、そこは高速のパーキングエリア内に設けられた臨時救護所、仮設テントの中だった。

「なんだ、ここ……痛っ!?」

身を起こそうとした途端、頭が痺れるような痛みを生む。

「あ、動かないで、君」

傍らから、救急隊員だか医者だか判別の付かない白衣の男が声をかけた。

聞き分けのいい少年は、言われた通り、もう一度寝転ぶ。

「あの……ここは、どこなんですか?」

せめてと質問をしてみるが、返ってきたのは、聞いたこともない地名。

(どうなってるんだ……俺は一体?)

その姿勢で周囲に目をやると、天井の高いテントの中に、幾人もの人々が彼と同じように寝かされていた。奇妙なことに、そのほとんどが外国人で、テントの中は英語その他、様々な言語からなる叫びがあがっていた。

救護に当たっている人たちも、このミニ万博には難渋しているらしい。

「スペイン、いや、えーと、ブラジルか？　誰か分かる奴いないか!?」

「こっち、イタリアの人だ！」

「英語だって分からんって！」

「分からんのなら水あげとけ、どうせ打ち身ばかりなんだ！」

「応援の方はどうなってんの!?」

まさに大わらわ、という状況である。

当然人の出入りも激しく、開け放されたテント出入り口の脇には、白衣の人から話を訊いている警官の姿が幾人か見えた。その向こうにもテントが敷設されている。どうも、よほどの大事件が起きたものらしい。

（なにに、巻き込まれたんだ……？）

思い出そうとするが、こんな所に寝ている状況に至る経緯が、どうしても思い出せない。たしか、城址公園に――

「!!」

唐突に記憶が戻った。

（準子！）

どんな事件かは知らない、でも自分がこんな状態だ、彼女も同じように巻き込まれているんじゃ、彼女を探さないと、早く何より誰より早く、早く、

(――!?)

いた。

あまりに呆気なく、濱口幸雄は、探していた少女・大上準子を見つけていた。

起き上がろうと首を傾けた先で、彼女はテントの柱に小柄な背を預けていた。

(準、子)

思って、求めて、しかしなぜか、声が出ない。体も動かない。

大上準子も、なぜか黙って、静かに佇み、見つめ返してくる。騒々しいテントの中、二人の周囲だけが、まるで切り取られた異世界であるかのように、静かだった。

(準子)

思って、求めて、出したい声が出ない。駆け寄りたい体は動かない。

大上準子の方は静かに、自分を、自分だけを、見ている。

無表情に、しかし僅かに窺うような上目遣いで。

その姿に、濱口幸雄はとてつもない予感を覚えた。

い、い、いなくなる。

そんな、悲しみの予感。

（準子！）

やはり思っても、求めても、叫びたい声が出ない。抱き止めたい体は動かない。

為す術なく見つめる内に、大上準子が、その可憐な唇を、ゆっくりと開く。

始まる。いなくなることが、始まる。それを食い止めようと、必死に心だけで叫ぶ。

（準子!!）

一瞬、大上準子が不分明ななにかを、表情の内に過ぎらせた。

（準、子）

それを見たとき、なぜか濱口幸雄は、心が躊躇うのを感じた。

今までの必死さとは違う、なにか大きな違和感のようなものがあって、なにか大きな寂しさのようなものがあって、心が鈍くなり、弾みを失った。悲しみだけが、残っている。

そんな彼の全てを見ていた大上準子は、少しだけ笑って、無音のまま、言葉を紡いだ。

さよなら

濱口幸雄は、自分を含めた誰かに、なにかに、その言葉の広がりを波紋のように感じた。

感じて、なにかが薄っすらと、感じられなくなっていく、そんな気がした。

一体それがなにを意味しているのか、いたのか、分からない。

ただ、

（……君は……？）

見知らぬ少女が自分を見ていることだけは、分かった。

静かな世界の中、二人だけで、見詰め合う。

初めて見る、その可憐な黒髪の少女は、見ている彼の胸を締め付けるほどの微笑みを見せて俯いた。まるで、顔を隠すように、俯いた。

（君は――）

その姿になにかを思い、またなにかを求めていた……不可思議な感触の残滓に戸惑う彼の眼前を、救護の白衣が横切る。

（――）

再び見れば、そこに――少女の姿はなかった。

まるで、最初から誰も居なかったかのように。

しかし、濱口幸雄は、感じていた。

（……）

足りない。

なにかが。

なにかが。

それを探すように首を、身をよじろうとして、
ふと、自分が掌の中、なにかを握っていることに、気が付いた。
（……なんだ？）
どういうわけか、むやみに固く握っていた掌を、顔の前で開ける。
救護所の薄い明かりの中、輝いたそれは、大小、淡い桃色の石を繋いだブレスレット。
たしか、自分が大奮発して買った高級品だった。店も覚えている。
しかし、理由が分からない。贈るような相手は、まだいないのに。
ふと、ぶら下がるそのブレスレットに、見つける。
（……あれっ？）
石と石を繋ぐ紐には、なぜか結び目があった。
既製品にあるはずのない、しかしとても丁寧な、結び目が。
（どう、して……？）
視界が急に、滲んだ。
（どうしたん、だろう……）
「き、君！　どこか痛むのか!?」
（なにが、どう、して……）
「おーい、来てくれ！　どうした、どこが痛む？」

(なん……で――？)

集まる色とりどりの衆目も憚らず、

どうしてこんなに悲しいのかも分からず、

濱口幸雄は、ただ、大粒の涙を零して泣き続けた。

高速道路の脇を、少女は一人、歩いていた。

次々と自動車が傍らを追い越してゆく光景は、まるで自分一人が置いてけぼりを食らっているような錯覚さえ抱かせる……そんな気分を自覚して、それでも少女は笑う。

「ふふ、この服の色――」

トレーラーを止める際、少々ムチャをしたため、『夜笠』の内側は体も服も煤だらけである。体の汚れは自在法『清めの炎』で落とせたが、替えの服はあの家に置いてきてしまった。

「――結構好きだったのに、ほら」

仮の母だった女性が、『よく似合うから』と見立ててくれた服は、そこかしこ無惨に引き攣れ、焼け焦げ、破れていた。もう、元の色も分からない。

「うむ」

アラストールが短く答えた。しばらく何かしら熟考する気配があって、

「今度の〝徒(ともがら)〟は、容易(たやす)い相手だった」

と、どうでもいいことを言った。

それが彼なりの、とても不器用(ぶきよう)な気遣(きづか)いであると分かっている少女は、寂しさに嬉(うれ)しさを加えて、また笑った。

「そうね。でも、代わりに周りの人間たちと付き合うための演技が――大変だった」

一瞬、過(よ)ぎった人々の影を、言葉の力で、吹き飛ばす。

何度も、何度も、そうしてきたように。

「人に紛(まぎ)れるのって、本当に、大変」

言った声は、もう普段の平静な、フレイムヘイズたる少女の声だった。

彼女をそのように育てた〝紅世(ぐぜ)〟の魔神(まじん)は、いくらか迷いの時を置いて、答える。

「そう、か…………、だが――」

「?」

怪訝(けげん)な顔をする少女に、アラストールは
「――流離(さすら)いの果てで、いつか、そのままのおまえに接してくれる者も、現れよう」

「……そんなの、面倒(めんどう)なだけだと、思うけど」

僅(わず)かに怯(ひる)んだ、その気持ちを自覚した少女は、努めて強く冷徹(れいてつ)に、フレイムヘイズに課せられたる使命だけを思う。そういう自分として振る舞おうと、決める。

（私は、フレイムヘイズ）

そう念じれば、いつだって気持ちは完璧に、ついてきた。

（よし）

〝紅世の徒〟を追うフレイムヘイズ——『炎髪灼眼の討ち手』としての使命感が、

（私は、フレイムヘイズ）

いつもの自分を、固く固く、作り上げる。

「今度はもう少し手強い……〝紅世の王〟とでも戦えるといいけど」

「うむ」

アラストールも、既に先の話を忘れたかのように、短く深く、ただ答える。

黒い相貌の見上げた先に、標識があった。

次の降り口まで十五キロ。

「降りたら、まとめて服を買うね。動きやすそうなの」

「うむ」

春の日は、ゆっくりと暮れつつあった。

その翳りの中に、標識が浮かんでいる。

書かれた文字を、少女はなんということもなく、口の端に乗せる。

「大戸、その先は、御崎、か……」

フレイムヘイズの少女は知らない。
次の夕焼けの中で、待っているものを。
血色の世界で果たされる、一つの出会いを。

あとがき

はじめての方、はじめまして。

久しぶりの方、お久しぶりです。

高橋弥七郎です。

また皆様のお目にかかることができました。ありがたいことです。

さて本作は、痛快娯楽アクション小説です。今回は、発表済みの番外編二つに新作の外伝一つと、変則的な構成でお送りしました。次回は、あの人たちが主役の昔話になる予定です。

テーマは、描写的には「お祭りと予兆」、内容的には「そとがわ」です。番外編はお遊び企画として、外伝は討ち手の通常業務および解説の補足編として、それぞれお楽しみください。

担当の三木さんは、誇張抜きで働きすぎな人です。話を聞く度に、過労について心配される大車輪ぶりには、心底頭が下がります。それでも双方、賽の出目に一命を賭し(以下略)。

挿絵のいとうのいぢさんは、迫力のある絵を描かれる方です。特に前巻は、欲しかった場所全てに挿絵を頂けたことで、個人的にも大満足でした。御本業の再びお忙しくなられる折にも変わらず、この度も拙作への甚大なる御助力を頂けたことに、深く深く感謝いたします。

県名五十音順に、青森のK田さん、秋田のS藤さん、茨城のF谷さん、大阪のK本さん、神奈川のSさん、京都のM林さん、埼玉のHさん、滋賀のK島さん、千葉（徳島？）のY村さん、栃木のE根さん、新潟のS野さん、T木さん、福岡のY野目さん、福島のS木さん、F間さん（綴りを間違ってすいません）、Y田さん、北海道のK子さん、いつも送ってくださる方、初めて送ってくださった方、いずれも大変励みにさせていただいております。どうもありがとうございます。アルファベット一文字は苗字一文字の方です。

たまに、「ここに載っているのは自分のことか」とお尋ねの文面がありますが、今のところ、同じ苗字の方は居られません。県名とイニシャルが該当していれば、間違いなく貴方です。

年賀状も頂きました。この場を借りて、御礼申し上げます。

今回は、少々長くお待たせして、申し訳ありませんでした。進行他、いろいろと事情がありまして。次の本は、今度ほど間を空けずにお送りできると思います。

それでは、また何時の間にか埋まっているようなので、このあたりで。

この本を手に取ってくれた読者の皆様に、無上の感謝を、変わらず。

また皆様のお目にかかれる日がありますように。

二〇〇五年二月

高橋弥七郎

こんにちは、いとうです。
今回は短編２本と、書き下ろしの、シャナと悠二が
出会う前のお話でしたね～
「刺々（とげとげ）しいシャナを」ということで
いつもと違い敵キャラぽく描きました。
一巻当初のシャナを思い出すようなシーンもあって
ちょっと懐かしくなってみたり。

当初のシャナといえば、電撃大王でシャナのコミッ
クが始まりましたね！
三倍増しに可愛いシャナや原作に負けないくらいの
躍動感のある漫画版、原作共々一読者としていつも
楽しみにしてます。
これからあの人やあの人が出てくるのかと思うとワ
クワクがとまりません！笑

あと最後になりましたが、いつも応援メッセージお
くってくれるみなさま、いつもほんとにありがとう！
お返事だせなくて心苦しいですが、いつも励みに読
ませてもらってます。
まとめてではありますがここにお礼を。

ではでは、また次巻にて！

のいぢ。

＊今回は遮那王ってことで牛若丸シャナで。

web* http://www.fujitsubo-machine.jp/~benja

フリアグネ
狩人の
灼眼のシャナ

「狩人のフリアグネ!!」

「なんでも質問箱!!」

マリアンヌ（以下マ）「みなさん、こんにちはー！」

フリアグネ（以下フ）「本コンテンツは、私と私の可愛い(かわい)マリアンヌが、読者の皆から寄せられた『灼眼(しゃくがん)のシャナ』に対する疑問質問に答えていく、由緒(ゆいしょ)正しきコーナーだ」

マ「フリアグネ様、とうとうやりましたね！ 短編集内(ない)で独立枠(わく)、しかもオリジナルのタイトルロゴやイラストまで付いた豪華(ごうか)版ですよ!?」

フ「ああ、苦節(くせつ)二年、遂(つい)に私たちの愛の巣……いや、愛の城が完成したというわけだ。これも偏(ひとえ)に、私たちの愛の力——マリアンヌ!!」

マ「んぎゅうう～、フ、フリアグネ様～嬉(うれ)しいのは、私も同じですけど、まずは、貰(もら)ったお仕事をキッチリしないと～」

フ「そうか、そうだね……うん、頑張ろう、私の可愛いマリアンヌ！」
マ「はい！　では早速、質問のお手紙を読みまーす」

Q『「存在が消える」のと「死ぬ」のって、どう違うんですか？』

A「存在の喪失は死と違って、その人の居た証が全て消えてしまうんだよ」

フ「ただ死んだり、殺されたりしただけなら、周りの人間は故人を悼んでくれるし、時には思い出しても貰えるだろう。しかし、『この世に存在するための根源の力』である〝存在の力〟を無くすと、『この世における存在が消える』ことになる……つまり」
マ「最初からいなかったことになる？」
フ「その通りだよ、マリアンヌ。いなくなっても、誰も悲しまない。思い出されることも絶対にない。あらゆる『存在した証』も消えてしまう、完全なる消滅だ」
マ「でも、消えた人間が周囲に与えた影響は、ある程度残ってしまうため、いなくなったことによる矛盾や不自然な現象が発生する……それを『世界の歪み』というんですね」

フ「そうだ。その増大と蓄積による決定的な破綻を『大災厄』と呼んで恐れる〝紅世の王〟たちが、フレイムヘイズに力を与え、同胞を殺して回っている、というわけさ」

マ「フリアグネ様も、その不確定な予測の犠牲者なのですね……」

フ「ああっ、そんな顔をしないでおくれ、私の可愛いマリアンヌ。次、次に行こう！」

Q『〝紅世〟について教えてください』

A「力そのものが混じり合う世界、というところかな」

マ「私はこの世で生まれた〝燐子〟なので、〝紅世〟についてはなにも知りませんが……どんな場所なんですか？」

フ「う－ん、そもそも異なる物理法則によって成り立っている世界だから、的確な説明は難しいんだ。無理矢理こっちの概念で言い表すと……『あらゆるものが、現象による影響と意

　思による干渉の元、延々変化し続ける世界』というところかな」

マ「やっぱり〝紅世〟というからには、真っ赤なんですか？」

フ「五感が意味をなさない世界だから、その問い自体が無効と言うべきだね。本編でも幾度か記述があったように、〝紅世〟という名前は、とある一人の人間――言葉を繰る匠たる『詩人』によって付けられたものなんだ。詩人は、我々の故郷『渦巻く伽藍』の様子を同胞から聞き出して、その印象から〝紅世〟と〝徒〟、双方の名前を創作したんだよ」

マ「その『渦巻く伽藍』というのが名前では？」

フ「いや、この世のことを『統一場理論の世界』と言うような、単なる一表現さ。二つの名前は、それまで故郷の固有名詞や自らの総称を持たなかった我々の間に、瞬く間に広まったそうだ。私が渡り来た時代には、すでに古来よりの言語として馴染んでいたよ」

Q『フレイムヘイズの器ってなんですか？』

A「時空に広がる人間の存在を立体的に見た例えだよ」

マ「読者さんの多くから、〝存在の力〟とこれの違いが分からない、という話が出てます」
フ「だろうね。文字だけだと分かり難いから、図を使って説明しよう。上を見ておくれ」
マ「……『運命という名の器』、ですか？」

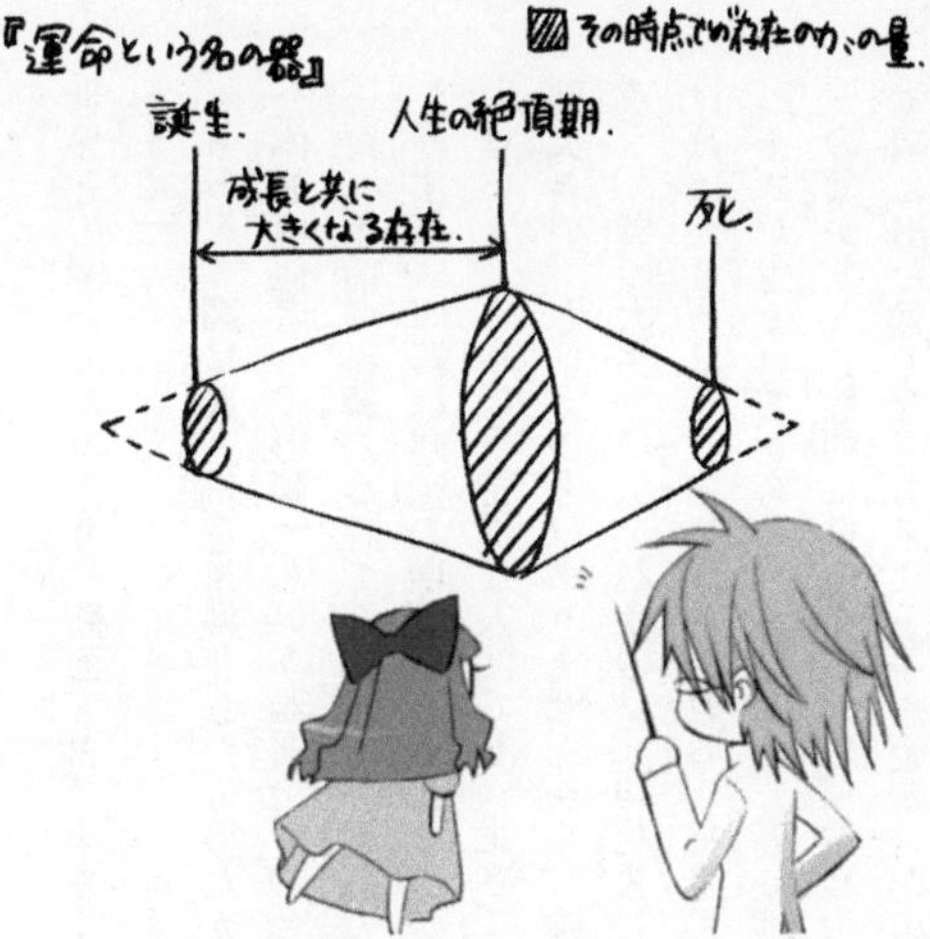

フ「実は、人間の持つ〝存在の力〟の量は、その時々の立場や地位、状況によって、常に変化し続けているんだ。図では、器の断面積でその時点における〝存在の力〟の量を示してある」
マ「同一人物でも、赤ん坊のときと大統領に就任したときを比べれば当然、後者の方が存在は大きいでしょうね」
フ「王族の世継ぎなど、生まれたこと自体が大きな意味を持つ場合もあるから、一概に時と共に大きくなるとも言えない。ケースバイケース、ということさ」
マ「普通は、年老いてゆくとともに、再び

えますか。確かに器のように見えます」

フ「もちろん、図は典型例を単純化したものだから、実際の膨らみ方はこんなに順当じゃない。全体も『他者への影響』という器同士の結合や融合などで複雑な形状になっているはずだ。また、生前の事績がさ程でなくても、遺した作品で後世に影響を与えたり偉人の親になったりすれば、器は時空の中で、さらなる広がりを見せたりもするよ」

マ「とはいえ、そういう特別な人間でも、生きている時点での〝存在の力〟＝器の断面積が特別大きい、ということはありませんから、喰らう者たる我々には関係ありませんね」

フ「そう、器の大きさに気を払うのは、同胞殺しを決意した〝王〟たちの方だ。この器が大きければ大きいほど、内に満たされる〝紅世の王〟の力の総量も多くなり、強力なフレイムヘイズが生まれるからね。ちなみに、高い地位にあった者は、自己の広がりも大きく、他との繋がりも必然的に発生するため、器は大きくなる傾向にあるようだ」

マ「本編に出た強力な討ち手に王子や姫がいたのは偶然じゃないんですね」

フ「もっとも、いくら燃料タンクが大きくても、それを上手く使う技量や適性、経験を積む時間を得るだけの運は必須だし、実際に契約しないとその大きさも分からないそうだ。強者も楽には生まれ得ない、ということかな。さて、次は……」

Q『フリアグネさんは、どうして人形好きになったんですか？』

A「なにを訊くかと思えばそんな世界の常識をあれは忘れもしない西暦1848年」

フ「マリアンヌと私の出会いはまさにあらゆる神話伝承　譚歌戯曲　小説を超えた必然にして運命や宿命または星の定めたる巡り合わせ否必然と言うべきだろうなぜならば私は宝具の」

マ「ええー、と……御〝徒〟方は、この世の人間たちがそうであるように、皆何らかの欲求を抱かれています。それは物欲であったり、知的好奇心であったり、複雑なところでは物を作り上げる個人の作業から事業を遂行する共同作業、果ては他者に尽くすことで満足感を得られる方までおられます」

フ「アルチザン以外の人間にましてやその文化に興味など持ったことがなかったというのにその日に限ってたまたまトリノ馴染みの武具収蔵庫を見物しようと騒がしい市街に足を運」

マ「そんな、この世の人間とほぼ同じメンタリティを持たれている御〝徒〟方なので、己が力の許す限り、または単なる生活の一部として、様々な趣味を嗜まれる方も多いのです」
ウィネ「ふふふ俺のバイクを見てくれヴィンテージのステータスなどに頼らなくても共に紫の地平を追ってきた年月が分かる奴だけに分かる色合いをカウルにエンジンにマフラーに」
フ「んだその街角でのことだった今でも鮮明どころか目の当たりにしているかのように思い浮かべることができるどこの子供だろうか馬車から無造作に投げ落としたんだその落ちる」
マ「一部混線しました、申し訳ありません……あの～、フリアグネ様、そろそろページも終わりに近いので、残った質問を片付けませんか？」
フ「あまりに可憐な姿に私の心は雷霆億撃を受けたが如き衝撃で貫かれ——ええっ、もう終わりなのかい、私の可愛いマリアンヌ？　まだほんの触りなんだけれど、残念だな……」
マ「……また、次の機会がありますよ、きっと」
フ「……そうだね、よし、勢い付けて一気に行こう！」

Q『シャナのスリーサイズを教えてください』
A「インタビューが即時却下されたので謎だ」
Q『吉田さんや千草母さんの得意料理は何ですか？』
A「吉田さんは野菜を使った料理、千草母さんは炒め物を得意としているぞ」

Q『悠二は結局、シャナと吉田さん、どっちを取るんですか？』

A「本人に訊いたら悩んだまま固まってしまったので、本編での進展を待ってくれ」

Q『マージョリーがお金を奪った神聖同盟は、十六世紀と十九世紀、どっちの方ですか？』

A「十六世紀の方だそうだ。ローマに入港する船を丸ごと乗っ取ったらしいよ」

Q『あれ以降も著者稿の「あの高橋」ぶりは治りません。どうすればいいですか？』

A「伝言があるよ……『無理です、諦めてください』……だそうだ」

「今回はこの辺りでお別れです～」

「また諸君に、私とマリアンヌの愛溢るる日々を見せられるよう願っているよ」

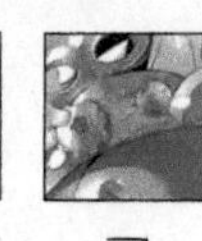

「それでは、次回の『ダンタリオン教授の質問コーナー』を――」

「――ぉおーっ楽しみ、に！　っ待あーってるんでぇーすよぉー!?」

「こら――っ!!」

完？

初出一覧

「しゃくがんのしゃな」
電撃文庫編集部オフィシャル海賊本『電撃ヴんこ』収録
(2003年9月25日発行)

「しんでれらのしゃな」
電撃文庫編集部オフィシャル海賊本『電撃ｈ』収録
(2004年9月25日発行)

「灼眼のシャナ　オーバーチュア」
書き下ろし

「狩人のフリアグネ」
書き下ろし

◉高橋弥七郎著作リスト

「A/Bエクストリーム　CASE-314［エンペラー］」（電撃文庫）
「A/Bエクストリーム　ニコラウスの仮面」（同）
「アプラクサスの夢」（同）
「灼眼のシャナ」（同）
「灼眼のシャナ　II」（同）
「灼眼のシャナ　III」（同）
「灼眼のシャナ　IV」（同）
「灼眼のシャナ　V」（同）
「灼眼のシャナ　VI」（同）
「灼眼のシャナ　VII」（同）
「灼眼のシャナ　VIII」（同）
「灼眼のシャナ　IX」（同）

本書に対するご意見、ご感想をお寄せください。

■

あて先

〒102-8177 東京都千代田区富士見2-13-3
電撃文庫編集部
「高橋弥七郎先生」係
「いとうのいぢ先生」係

■

電撃文庫

灼眼(しゃくがん)のシャナ0

高橋弥七郎(たかはしやしちろう)

◆◇◇

2005年6月25日　初版発行
2023年10月25日　25版発行

発行者　山下直久
発行　株式会社KADOKAWA
〒102-8177　東京都千代田区富士見2-13-3
0570-002-301（ナビダイヤル）
装丁者　荻窪裕司（META＋MANIERA）
印刷　株式会社KADOKAWA
製本　株式会社KADOKAWA

ISBN978-4-04-868811-6　C0193　Printed in Japan

電撃文庫　https://dengekibunko.jp/

電撃文庫創刊に際して

文庫は、我が国にとどまらず、世界の書籍の流れのなかで〝小さな巨人〟としての地位を築いてきた。古今東西の名著を、廉価で手に入りやすい形で提供してきたからこそ、人は文庫を自分の師として、また青春の想い出として、語りついできたのである。

その源を、文化的にはドイツのレクラム文庫に求めるにせよ、規模の上でイギリスのペンギンブックスに求めるにせよ、いま文庫は知識人の層の多様化に従って、ますますその意義を大きくしていると言ってよい。

文庫出版の意味するものは、激動の現代のみならず将来にわたって、大きくなることはあっても、小さくなることはないだろう。

「電撃文庫」は、そのように多様化した対象に応え、歴史に耐えうる作品を収録するのはもちろん、新しい世紀を迎えるにあたって、既成の枠をこえる新鮮で強烈なアイ・オープナーたりたい。

その特異さ故に、この存在は、かつて文庫がはじめて出版世界に登場したときと、同じ戸惑いを読書人に与えるかもしれない。

しかし、〈Changing Times,Changing Publishing〉時代は変わって、出版も変わる。時を重ねるなかで、精神の糧として、心の一隅を占めるものとして、次なる文化の担い手の若者たちに確かな評価を得られると信じて、ここに「電撃文庫」を出版する。

1993年6月10日
角川歴彦